歐摸！

韓語文法
應該這樣學

30天打好基礎，
 韓檢初級閱讀高分過關！

陳彥伶／張磊 著

作者序

　　完全沒接觸過韓文的我，在2014年考進了政治大學韓文系。當時的我雖然零基礎，但每堂課都有好好地把老師說的弄清楚，以為一切都很順利。直到大一上學期成績單出來 —— 全系排名倒數，我才發現我已經在文法學習中迷失了方向。腦袋中的韓語文法知識像是一團打結的毛線球，毫無系統可言。想要重新打基礎卻不知從何下手，只能死記硬背課本的內容，才終於在大三下學期，爬到了全系第二名的位置。

　　而我真正得以將韓語文法融會貫通的轉機，是在我大四去韓國交換時，選修了（韓）國文系句法學課程，在課堂上學習了句子結構和各種文法論知識。當時我猶如發現新世界一般，終於能把我所有零散的韓語知識拼成一幅完整的地圖。那時我很納悶，這樣的內容這麼有用，為什麼台灣沒有人教？

　　後來到首爾大學韓語教育研究所就讀時才明白，理論中的理想教育和現實中的實務教育還是存在著無可避免的差距。所以，才決定撰寫這本《歐摸！韓語文法應該這樣學》，希望能為大家描繪一張「韓語世界的草圖」，讓各位讀者能按部就班，一步步了解韓語文法的組成。又或者是讓各位在初級學習的最後階段，可藉由本書，再次全面性地統整文法概念。另外，在釐清文法架構的同時，也能結合書中所教的閱讀解題技巧，一邊為初級韓檢閱讀做準備。

　　最後要特別感謝二話不說就答應與我共同撰寫這本書的張磊學長。張磊學長是和我同時畢業的句法組博士，他對學術的熱情和嚴謹是系上人人皆知的。能在首爾大學與學長結下緣份，畢業後還能一起寫書，是我莫大的榮幸。還要謝謝兩位最可靠、最貼心的編輯，凡羽及羿妤，沒有她們就沒有這本書的誕生。感謝她們為我的第一次出書留下了美好的回憶。

　　最後的最後，要感謝每一位讀者的支持和鼓勵。希望這本書能助一臂之力，讓各位在學習韓文的道路上走得更穩、更遠，不再害怕迷路。

陳彥伶

台灣的韓語學習者們大家好！很高興也很榮幸借助《歐摸！韓語文法應該這樣學》一書與各位相識。

外語學習好比一場馬拉松長跑，起跑槍響後，以充沛的精力、穩健的步伐在賽程前半段奮力拼搏的你，就是本書的目標讀者。如果你剛剛學完韓語發音，並掌握了簡單的單詞和語法，在接下來的學習階段，這本書可作為輔助參考用書，幫助你拓寬詞彙量，擴充語法知識。如果你已經結束了初級階段的學習，這本書又可以作為初中級的銜接讀本，幫助你梳理初級階段的核心語言點，掌握韓語句子分析的要領，提高韓語閱讀能力，為中級階段的學習打下堅實的基礎。

本書的學習內容按照四週時間進行編排，每週又細分為七天，目的在於讓讀者將看似繁重的學習任務分散至每一天，通過每天進步一小步，實現一個月跨越一大步的理想目標。四週的內容分別聚焦於韓語的主要詞性、助詞、語尾及句型。學習內容注重講練結合，不僅設有文法介紹、重點詞彙、長句分析等欄目，也有實戰應用、閱讀演練。學完四週的內容之後，大家可以通過最後的韓檢模擬題評估自己的學習效果，及時查缺補漏。希望各位讀者通過本書的學習，短期內高效提升韓語能力，有的放矢地準備韓檢考試。

從最初關於圖書主題的想法，到更為具體的內容結構方案，再到書稿的初步完成，最後到美編設計、正式出版的這一系列過程，離不開眾多朋友的幫助和支持。首先感謝為了本書而並肩作戰一年的彥伶，因為寫書的提議，2021年在首爾大學9號樓435研究室結下的「戰友情誼」可以延續至今。也非常感謝凡羽、羿妤兩位編輯非常仔細地幫忙審閱書稿，提出了很多寶貴的意見和建議。

由於本人才疏學淺，水平有限，書中難免存在不足之處，懇請學界的專家學者及讀者朋友們批評指正。

張磊

目次

WEEK 4. 句型

專有名詞介紹

一、句子的組成成分

1. 主語：句子的行為者或形容的對象。
2. 目的語：句子中動作的接受者或受影響者。
3. 冠形語：句子中用來修飾名詞的成分。
4. 副詞語：句子中用來修飾動詞、形容詞等的成分。
5. 敘述語：句子中描述主語所做的動作或狀態的部分，通常由動詞、形容詞或名詞＋이다構成，一般位於句末。

例）	저는	저녁에	식당에서	맛있는	파스타를	먹었어요.
	主語	副詞語	副詞語	冠形語	目的語	敘述語

二、助詞：主要接在名詞、代名詞等後面，用來標示其在句子中的語法功能或意思。

1. 格助詞：用來標示名詞、代名詞、數詞等在句子中的語法功能。
    - ■ 主格助詞：標示句中的主語，即當某成分加上主格助詞時，該成分就會成為句子中的主語。例）이/가。
    - ■ 目的格助詞：標示句中的目的語，即當某成分加上目的格助詞時，該成分就會成為句子中的目的語。例）을/를。
    - ■ 副詞格助詞：標示句中的副詞語，即當某成分加上副詞格助詞時，該成分就會成為句子中的副詞語。例）에、에서。
2. 補助詞：用於添加另一層意思，如「밥이 飯 → 밥도 飯也」。例）은/는、만、도。
3. 接續助詞：用於連接兩個以上的名詞、代詞等。例）와/과、(이)랑、하고。

三、語尾：主要接在動詞或形容詞詞幹後，用於表達話者態度、時態、尊
　　　敬等語法功能。

1. 先語末語尾：接在詞幹與其他語尾中間，如먹었습니다的「었」。例）-았/었/었-、
　　　-(으)시-。

2. 終結語尾：標示句子結束的語尾，表示句子的完結。例）-ㅂ/습니다。

3. 連結語尾：連接兩個以上的子句，使其變成一個長句。例）-아/어/여서、-지만。

4. 冠形詞形語尾：使動詞、形容詞具有修飾功能。例）-는/-(으)ㄴ。

1
WEEK

詞性

名詞

✎ 名詞介紹

1. 名詞在所有韓語詞彙中佔最大比例，用來表示人、事、時、地、物等。

> 例） 人：지은 智恩、은우 銀優
> 事：사랑 愛、야근 加班、식사 用餐
> 時：날짜 日期、토요일 星期六
> 地：집 家、학교 學校、대만 台灣
> 物：책 書、신문 報紙

2. 複數概念與中文類似，在能進行計算的名詞後面可以加上「들」（類似於「們」）來表示。

> 例） 사람들 人們、친구들 朋友們、아이들 孩子們

3. 要把名詞加入句子時，通常要在名詞後面接上「助詞」。

> 例） 진예린은 여자입니다. 陳彥伶是女生。
>
> 장레이 씨는 밥을 많이 먹습니다. 張磊先生吃很多。
>
> 배가 아파요. 肚子很痛。
>
> 언니는 아침에 학원에 갔어요. 姊姊早上去補習班了。
>
> ※ 螢光畫記部分為名詞；紅色部分為助詞
>
> ※ 장레이和씨都是名詞，兩個名詞以上的名詞組合，本書中稱作名詞短語，助詞只要加在最後面即可。

常用句型＆例句

1. N1은/는 N2입니다.；N1은/는 N2이에요/예요. N1是N2。

- 저는 직장인입니다. / 저는 직장인이에요. 我是上班族。
- 당근은 채소입니다. / 당근은 채소예요. 紅蘿蔔是蔬菜。

2. N1은/는 N2이/가 아닙니다.；N1은/는 N2이/가 아니에요. N1不是N2。

- 저는 가수가 아닙니다. / 저는 가수가 아니에요. 我不是歌手。
- 비빔밥은 대만 음식이 아닙니다. / 비빔밥은 대만 음식이 아니에요. 拌飯不是台灣食物。

3. N1도 N2입니다.；N1도 N2이에요/예요. N1也是N2。

- 저도 직장인입니다. / 저도 직장인이에요. 我也是上班族。
- 그 사람도 피해자입니다. / 그 사람도 피해자예요. 那個人也是受害者。

4. N1은/는 N2였습니다/이었습니다.；N1은/는 N2였어요/이었어요. N1以前是N2。

- 저는 배우였습니다. / 저는 배우였어요. 我以前是演員。
- 남자 친구는 경찰이었습니다. / 남자 친구는 경찰이었어요. 男友以前是警察。

※ 「-입니다 ; -ㅂ/습니다」及「-이에요/예요; -아/어/여요」的差別在於前者是格式體，主要用於正式場合；後者是非格式體，主要用於非正式場合。

✏ 重點詞彙

1.

이름 名字 : 김진아
나이 年紀 : 21세
국적 國籍 : 한국
직업 職業 : 대학생
취미 興趣愛好 : 쇼핑
이메일 電子信箱 : *twkr@snu.ac.kr*

2.

2024 **JAN**

		요일 星期			주말 週末	
Mo	Tu	We	Th	Fr	Sa	Su
1 휴일 假日	2	3	4	5	6	7
8	9	10	11	12		
15	16	17	18	19		
22 방학 放假	23	24	25	26		
29 방학 放假	30	31	1	2	3	

19

한국어 기말시험
날짜: 1월19일(금)
시간: 오전 09:00-10:30

✎ 實戰應用

1. 請仿照例子，找出句子中的名詞，並寫出名詞的中文意思。（一題可能有不只一個名詞）

<보기> 오빠는 대학생입니다.
오빠：哥哥（女用）　　　대학생：大學生

(1) 날씨가 정말 따뜻해요.
_____

(2) 현우 씨는 여행을 좋아해요.
_____

(3) 저는 키가 크지만 농구를 잘 못해요.
_____

(4) 우리 반 영어 선생님은 미국 사람입니다.
_____

(5) 이번 여름 방학에 친구와 같이 서울에 갈 거예요.
_____

2. 請仿照例子，選擇正確的單字完成句子。

맛	책	빵	공항	숙제	얼굴	장소

<보기> 약속 (장소)은/는 학교 앞입니다.

(1) 아침에는 (　　　　　)을/를 먹었습니다.

(2) 토요일에 집에서 (　　　　　)만 했습니다.

(3) 학교 도서관에는 (   )이/가 아주 많습니다.

(4) 비행기를 타기 위해 (   )에 갔습니다.

3. 請仿照例子，找出不屬於同一類別的單字。

<보기> ① 누나	② 엄마	③ 아빠	④ 전화

(1) ① 내일　　　② 편지　　　③ 오늘　　　④ 어제

(2) ① 여름　　　② 가을　　　③ 서울　　　④ 겨울

(3) ① 약국　　　② 한국　　　③ 미국　　　④ 중국

(4) ① 바지　　　② 우산　　　③ 치마　　　④ 셔츠

(5) ① 역사　　　② 의사　　　③ 변호사　　　④ 요리사

(6) ① 도서관　　② 회사원　　③ 편의점　　④ 우체국

動詞

✏️ 動詞介紹

1. 一般指人或事物的動作或變化過程。

例）가다 去、오다 來、되다 成為、하다 做、쓰다 書寫、느끼다 感受、듣다 聽、보다 看、배우다 學習、마시다 喝、좋아하다 喜歡、운동하다 運動

2. 動詞還能再細分為很多種，不過初級階段先知道「自動詞」和「他動詞」即可。

• 自動詞：類似於英語中不及物動詞的概念，即不會去影響到其他人事物的動詞，不需要「目的語」。

例）그는 잤어요. 他已經睡了。
→意義完整句子，不需要有一個人事物去接收「睡」這個動作。

• 他動詞：類似於英語中及物動詞的概念，即會去影響到其他人事物的動詞，需要「目的語」。

例）저는 먹었어요.
我吃了。　　→（在沒有前後文的情況下）並非意義完整的句子

저는 밥을 먹었어요.
我吃飯了。　　→　意義完整的句子，「밥을」即目的語

3. 當它為一個「單字」時，後面都會有-다，如要用進「句子」，則要把-다去掉，
再接上各式語尾做活用。

單字		語尾	句子
가다	+	-ㅂ/습니다	집에 갑니다. 去家（回家）。 （去掉-다加上-ㅂ니다）
자다	+	-(으)ㄹ까요	잘까요? 要不要睡了？ （去掉-다加上-ㄹ까요）
먹다	+	-아/어/여요	밥을 먹어요. 吃飯。 （去掉-다加上-어요）

✒ 常用句型＆例句

1. N이/가 自動詞-ㅂ/습니다. ; N이/가 自動詞-아/어/여요. N～。

- 가슴이 뜁니다./ 가슴이 뛰어요. 心在跳。
- 사랑이 식었습니다./ 사랑이 식었어요. 感情變淡了。

2. N1은/는 N2을/를 他動詞-ㅂ니다/습니다. ; N1은/는 N2을/를 他動詞 -아/어/여요. N1對N2～。

- 저는 고기를 좋아합니다. / 저는 고기를 좋아해요. 我喜歡肉。
- 오빠는 술을 자주 마십니다. / 오빠는 술을 자주 마셔요. 哥哥很常喝酒。

3. 自動詞-(으)세요. 請～。

- 들어오세요. 請進。
- 앉으세요. 請坐。

4. N을/를 他動詞-(으)세요. 請把N～。

- 문을 닫으세요. 請關門。
- 쓰레기를 버리세요. 請把垃圾丟掉。

重點詞彙

動詞	句子
가르치다 教	한국어를 가르칩니다. 教韓文。
마시다 喝	커피를 마십니다. 喝咖啡。
살다 住；生活	서울에서 삽니다. 住在首爾。
기다리다 等	친구를 기다립니다. 等朋友。
보내다 寄	이메일을 보냅니다. 寄郵件。
일어나다 起床 자다 睡覺	아침 7시에 일어나고 밤 11시에 잡니다. 早上七點起床，晚上十一點睡覺。
오다 下（雨、雪） 불다 刮（風）	비도 오고 바람도 불어요. 又下雨，又刮風。
사다 買 주다 給	빵을 사서 친구에게 주었어요. 買麵包給朋友。
모르다 不知道 물어보다 詢問	길을 잘 모르면 직원에게 물어보세요. 如果不知道怎麼走，可以問職員。
빌리다 借 읽다 讀	도서관에서 빌린 책을 읽고 있어요. 我正在讀從圖書館借來的書。
치다 彈 좋아하다 喜歡	기타를 치는 것을 좋아해요. 我喜歡彈吉他。
입다 穿 쓰다 戴	저기 셔츠를 입고 모자를 쓴 사람이 우리 형이에요. 那位穿T恤戴帽子的人是我哥哥。

✏ 實戰應用

1. 請仿照例子，找出句子中的動詞，並寫出動詞的中文意思。

<보기> 대학교에서 한국어를 배웠습니다.

배우다 : 學習

(1) 은행은 네 시에 문을 닫습니다.

_____

(2) 점심에 밥을 먹고 커피를 마십니다.

_____

(3) 머리를 자르러 미용실에 갑니다.

_____

(4) 친구들을 집에 초대해서 생일 파티를 할까요?

_____

(5) 저는 사람들에게 제가 만든 빵을 팔았습니다.

_____

2. 請選擇能夠同時填入兩個句子中的動詞。

(1)　a. 이번 주말에 친구와 같이 영화를 (　　) 거예요.
　　　b. 시험을 잘 못 (　　) 기분이 안 좋아요.

　① 찍다　　　　② 보다　　　　③ 치다　　　　④ 공부하다

(2)　a. 피아노를 (　　) 수 있어요?
　　　b. 더운 날에 테니스를 (　　) 땀이 많이 났어요.

　① 추다　　　　② 타다　　　　③ 치다　　　　④ 놀다

(3) a. 가을이 되면 설악산에 단풍이 (   ).

   b. 남자 친구가 준 선물이 제일 마음에 (   ).

① 들다   ② 타다   ③ 치다   ④ 놀다

3. 請仿照例子，看圖造句。

<보기>   노래를 듣습니다.

(1)

_____

(2)

_____

(3)

_____

(4)

_____

形容詞 & 冠形詞

📝 形容詞介紹

1. 一般指人或事物的狀態或性質。

例）크다 大的、작다 小的、높다 高的、낮다 低的、멀다 遠的、가깝다 近的、아프다 痛的、맛있다 美味的、좋다 好的、예쁘다 漂亮的、귀엽다 可愛的、멋있다 帥氣的

2. 當它為一個「單字」時，後面都會有-다，如要用進「句子」，則要把-다去掉，再接上各式語尾做活用。

單字		語尾	句子
많다	+	-ㅂ/습니다	돈이 많습니다. 錢很多。 （去掉-다加上-습니다）
괜찮다	+	-(으)ㄹ까요	괜찮을까요? 沒關係嗎？ （去掉-다加上-을까요）
달다	+	-아/어/여요	케이크가 달아요. 蛋糕很甜。 （去掉-다加上-아요）

3. 常用句型 & 例句

N이/가 形容詞-ㅂ/습니다. ; N이/가 形容詞-아/어/여요. N很～。

- 하늘이 매우 맑습니다. / 하늘이 매우 맑아요. 天空很晴朗。
- 시험이 많습니다. / 시험이 많아요. 考試很多。

N이/가 形容詞-네요. N很～呢/耶/啊！（表示對某事物的感嘆）

- 새 옷이 정말 예쁘네요. 新衣服真的很漂亮耶！
- 물이 정말 맑네요. 水真的好清澈啊！

形容詞-아/어/여 죽겠어요. ～死了/極了。

- 피곤해 죽겠어요. 真是累死了。
- 귀여워 죽겠어요. 真是可愛極了。

✏ 冠形詞介紹

1. 一般用來修飾名詞、代名詞等，表示被修飾成分的性質、狀態等等。

例）새 新的、헌 舊的、옛 從前的、맨 最、별 特別的、각 各個、무슨 什麼、어느 哪個

2. 和形容詞的差別

	形容詞	冠形詞
當單字時	以-다結尾 例）재미있다 有趣的	後面沒有-다 例）새 新的
用進句子時	要把-다去掉，並加上語尾活用 例）영화가 재미있었어요. 電影很好看。	不做變化，直接用進句子裡 例）어제 새 옷을 샀어요. 昨天買了新衣服。
能否用在句子的敘述語部分	可以 例）課程很好玩。 수업이 재미있었어요.（○）	不行 例）車是新的。 차가 새요.（×） 차가 새 것이에요.（○）

3. 用法＆例句（冠形詞＋名詞）

- 헌 옷 수거함이 어디에 있어요? 哪裡有舊衣回收箱呢？
- 어느 가수를 좋아해요? 你喜歡哪位歌手？

重點詞彙

形容詞	例子
작다 小	사이즈가 작다 尺寸小
많다 多	일이 많다 事情多
가깝다 近	학교가 가깝다 學校近
깨끗하다 乾淨	방이 깨끗하다 房間乾淨
나쁘다 差、壞	기분이 나쁘다 心情差
예쁘다 好看、漂亮	얼굴이 예쁘다 臉蛋好看
조용하다 安靜	교실이 조용하다 教室安靜
짧다 短	치마가 짧다 裙子短
넓다 寬	어깨가 넓다 肩膀寬
쉽다 簡單	시험이 쉽다 考試簡單

冠形詞	例子
몇 幾	몇 개 幾個
모든 所有	모든 음식 所有食物
약 大約	약 1시간 大約一小時
전 全	전 세계 全世界
그런 那種	그런 사람 那種人

✎ 實戰應用

1. 請仿照例子，找出句子中的形容詞和冠形詞，並寫出其原形及中文意思。

<보기> 학교 도서관에는 책이 많습니다.

많다 : 多

---

(1) 오늘 날씨가 따뜻합니다.

---

(2) 매일 운동을 해서 건강합니다.

---

(3) 머리가 아파서 약을 먹었습니다.

---

(4) 그 사람은 착합니다.

---

(5) 새 신발을 선물로 받아서 기분이 좋습니다.

---

(6) 가: 지수 씨의 고향은 어떤 곳입니까?
    나: 공기도 좋고 경치도 아름다운 곳입니다.

---

2. 請仿照例子，選擇正確的單字完成句子。

| 짧다 | 맵다 | 바쁘다 | 비싸다 | 어렵다 | 시원하다 | 시끄럽다 |

<보기> 이번 한국어 시험은 좀 (어렵습니다).

(1) 요즘 시험 준비 때문에 아주 (   ).

(2) 쉬는 시간에 교실이 (   ).

(3) 디자인은 예쁘지만 가격은 (   ).

(4) 치마 길이가 좀 (   ).

(5) 가을은 여름보다 날씨가 (   ).

3. 請仿照例子，根據句意使用合適的形容詞完成句子。

<보기> 한국은 가깝지만 미국은 (멉니다).

(1) 여름에는 덥고 겨울에는 (   ).

(2) 형은 키가 작은데 동생은 키가 (   ).

(3) 거실은 넓지만 화장실은 (   ).

(4) 잡지는 가볍지만 사전은 (   ).

(5) 어제 본 영화는 재미있었지만 오늘 본 영화는 (   ).

副詞

🖊 副詞介紹

1. 可以用來修飾多種詞性，例如動詞、形容詞、副詞等，也可以修飾一整個句子。

例） 매우 非常、가장 最、더 更、너무 太、아직 尚未

2. 和冠形詞一樣，不做任何變化，原封不動地用進句子裡。

例） 야시장에 사람이 너무 많아요. 夜市裡人非常多。

3. 常見副詞種類

· 否定副詞

例） 안&못

안	＋動詞	有做某事的能力，卻不去做或沒有去做。	집에서 쉬고 싶어서 모임에 안 갔어요. 因為想在家休息，所以沒去聚會。
	＋形容詞	不～	날씨가 안 좋아요. 天氣不好。
못	＋動詞	表示沒有能力，或因客觀條件而無法做某事。	어제 일이 있어서 모임에 못 갔어요. 昨天因為有事所以沒能去聚會。
	不能加形容詞		

· 時間副詞

例） 오늘 今天、내일 明天、어제 昨天、이미 已經、먼저 首先、곧 馬上、아직 尚未

· 程度副詞

例） 가장 最、너무 太、매우 非常、별로 不太、조금 一點點、약간 有一點、더 更

· 接續副詞（連接兩個句子的副詞）

例）그래서 所以、그러면 那麼、그런데 但是、그리고 然後、그러니까 所以

✎ 常用修飾搭配＆例句

1. 副詞＋動詞

- 밥을 많이 먹었어요. 吃了很多飯。
- 한국에 자주 가요. 很常去韓國。
- 어서 오세요. 請快進來（歡迎光臨）。

2. 副詞＋形容詞

- 그 사람은 말이 별로 없어요. 那個人話不多。
- 방이 꽤 크네요. 房間滿大的耶。
- 날씨가 참 좋네요. 天氣真好呢。

3. 副詞＋副詞

- 심장이 매우 빨리 뜁니다. 心跳得非常快。
- 일을 벌써 다 했어요? 你已經做完全部的事情了嗎？
- 생일 카드를 아주 열심히 썼어요. 生日卡片寫得非常認真。

4. 副詞＋句子

- 과연 그 사람이 범인일까요? 究竟那個人會是犯人嗎？
- 사실 저는 그 사람을 좋아해요. 其實我喜歡那個人。
- 왜 밥을 안 먹어요? 為什麼不吃飯？

5. 前句＋副詞＋後句

- 배가 아팠어요. 그래서 아침을 안 먹었어요. 因為肚子痛，所以沒有吃早餐。
- 영화가 무서웠어요. 하지만 재미있었어요. 電影很可怕，但是很好看。
- 밥을 많이 먹었어요. 그런데 여전히 배고파요. 我已經吃很多了，但還是很餓。

✏ 重點詞彙

副詞	句子
자주 經常	운동을 자주 합니다. 經常運動。
가끔 偶爾	야구를 가끔 합니다. 偶爾打棒球。
아주 非常	농구를 아주 좋아합니다. 非常喜歡籃球。
제일 最	축구를 제일 좋아합니다. 最喜歡足球。
항상 總是	저녁에 항상 헬스장에 갑니다. 晚上總是會去健身房。
먼저 首先	스트레칭을 먼저 합니다. 先做伸展運動。
아까 剛剛	아까 다리 운동을 했습니다. 剛剛做了腿部運動。
아직 尚未	아직 30분 남았습니다. 還剩下三十分鐘。
아마 應該	아마 살이 빠질 겁니다. 應該會變瘦。

✏ 實戰應用

1. 請仿照例子，找出句子中的副詞，並寫出副詞的中文意思。（一題可能有不只一個副詞）

<보기> 어서 오세요!

어서：快、請

___

(1) 한국에 다시 가 보고 싶습니다.

___

(2) 버스로 가면 시간이 오래 걸립니다.

___

(3) 보통 아침에 일찍 일어납니다.

___

(4) 점심을 너무 많이 먹어서 배가 부릅니다.

___

(5) 학교 가는 길에 차가 많이 막혔습니다. 그래서 지각했습니다.

___

2. 請仿照例子，選擇正確的單字完成句子。

가끔	너무	서로	제일	빨리	별로	아까

<보기> 저는 보통 버스를 탑니다. (　가끔　) 지하철을 탑니다.

(1) 가방에 책이 많습니다. 가방이 (　　　　　) 무겁습니다.

(2) 저는 운동 중에서 농구를 (　　　　　) 잘합니다.

(3) 어려운 일은 (　　　　　) 도와야 합니다.

(4) 일을 (　　　　　) 끝내고 퇴근하고 싶습니다.

(5) 저는 남자 친구를 좋아하지만 부모님은 (　　　　　) 마음에 들어 하시지 않습니다.

3. 請使用適合的否定副詞填空。

(1) 치킨은 좋아하지만 피자는 (　　　　　) 좋아해요.

(2) 표가 모두 매진이라서 공연을 (　　　　　) 봤어요.

(3) 주말에 운동하고 싶었는데 시간이 없어서 (　　　　　) 했어요.

(4) 이 바지는 가격이 너무 비싸요. 별로 (　　　　　) 사고 싶어요.

代名詞

🖊 代名詞介紹

1. 通常代稱人、事、物、場所等等。

例） 저 我、나 我、우리 我們、이것 這個、그것 那個、여기 這邊、거기 那邊

例） 저는 내일 친구하고 한강에 갈 거예요. 거기에서 치킨을 먹을 거예요.

我明天要和朋友去漢江。我們會在那裡吃炸雞。

※ 先說明我們明天要去漢江,然後當第二次提到「漢江」時,用「거기(那裡)」取代「漢江」。

2. 常見代名詞種類

(1) 人稱代名詞

[第一人稱]

	自謙	平述/半語
我	저	나
我們	저희	우리

[第二人稱]

	敬語	半語
你	당신 ※雖然定義上是敬語,但日常生活中韓國人不太用「你」,而是會直接稱呼對方名字。 例）您喜歡什麼食物? 당신은 무슨 음식을 좋아하세요? (很不自然) 예린 씨는 무슨 음식을 좋아하세요? (O)	너 ※即使是互相說半語的關係,如果對方年紀比較大,通常還是會稱「언니/누나/오빠/형」等,只有年紀較長者可以對年紀較小的人使用「너」。

	敬語	半語
你們	여러분 （各位）	너희

[第三人稱]

	敬語	平述
他	이분(近稱)/그분(中稱)/저분(遠稱)	그 （他） 、그녀 （她）

(2) 指示代名詞

與話者的距離	近	遠 （但是離聽者近）	遠 （離聽者也遠）
代指物品	이것 這個 （縮寫：이거）	그것 那個 （縮寫：그거）	저것 那個 （縮寫：저거）

3. 疑問代名詞

疑問代名詞	例句
누구 誰	누구세요? 請問是哪位？
무엇 什麼	저녁에 무엇을 먹었어요? 你晚上吃了什麼？ ※如果縮寫成뭐，則是뭐를或뭘
어디 哪裡	어디에 가요? 你要去哪裡？
언제 什麼時候	언제 와요? 什麼時候來？

重點詞彙

이 這（近稱）	그 那（中稱）	저 那（遠稱）
이것 這個	그것 那個	저것 那個
이것은 사과입니다. 這是蘋果。	그것은 바나나입니다. 那是香蕉。	저것은 수박입니다. 那是西瓜。
이분 這位	그분 那位	저분 那位
이분은 한국어 선생님입니다. 這位是韓文老師。	그분은 중국어 선생님입니다. 那位是中文老師。	저분은 영어 선생님입니다. 那位是英文老師。
여기 這裡	거기 那裡	저기 那裡
여기는 도서관입니다. 這裡是圖書館。	거기는 편의점입니다. 那裡是便利商店。	저기는 식당입니다. 那裡是餐廳。

實戰應用

1. 請仿照例子，找出句子中的代名詞，並寫出代名詞的中文意思。（每一題可能有不只一個代名詞）

<보기> 저는 비빔밥을 제일 좋아합니다.

저 : 我

---

(1) 이것은 피가 아닙니다.

---

(2) 저것은 무엇에 쓰는 물건입니까?

---

(3) 저 여기 산책하러 자주 오는데 참 좋지요?

---

(4) 그녀는 예전에 항상 나를 도와주었던 사람이다.

---

(5) 우리가 매일 만나는 그곳에서 내일 세 시에 만나자.

---

2. 請在空缺處填寫合適的疑問代名詞完成句子。

(1) 방학이 (　　　　　　)부터예요?

(2) 거기 (　　　　　　)계세요? 아무도 안 계세요?

(3) 고객님, (　　　　　　)을/를 도와드릴까요?

(4) 주말에는 (　　　　　　)을/를 가도 사람이 많아요.

3. 請寫出劃線部分所指代的內容。

> (1) 민수: 저, 어머니 선물을 좀 사려고 하는데요.
>
> 점원: 이 스카프는 어떠세요?
>
> 민수: 예쁘네요. 그걸로 주세요. 얼마예요?
>
> 점원: 삼만 원입니다.

그걸: _____

> (2) 수미: 민수 씨, 어제 드라마 '연인' 봤어요? ①거기에서 두 사람이 어떤
>
> 　　　섬에 갔는데 정말 아름다웠어요.
>
> 민수: 아, 저도 그거 봤어요. ②거기 제가 작년 여름휴가 때 간 곳이에요.
>
> 수미: 정말요? 그 섬이 어디예요?
>
> 민수: 여수에 있는 섬인데 경치가 아름다워서 드라마에 자주 나와요.

① 거기: _____

② 거기: _____

數詞

✎ 數詞介紹

1. 一般用來表示數量、順序等等。

例） 數量：사과 다섯 개 五顆蘋果、학생 열 명 十名學生、책 스무 권 二十本書
順序：첫째 第一、둘째 第二、셋째 第三

2. 韓文中有兩種數詞，有各自固定的使用時機（見p.36）。

	漢字數字	固有數字		漢字數字	固有數字
1	일	하나	11	십일	열하나
2	이	둘	20	이십	스물
3	삼	셋	30	삼십	서른
4	사	넷	40	사십	마흔
5	오	다섯	50	오십	쉰
6	육	여섯	60	육십	예순
7	칠	일곱	70	칠십	일흔
8	팔	여덟	80	팔십	여든
9	구	아홉	90	구십	아흔
10	십	열	100	백	

3. 補充說明

- 「0」有兩種說法
  (1) 공：如報電話號碼時
  (2) 영：如算數、說明溫度時

- 年齡有兩種說法（以28歲為例）
  (1) 漢字數字：이십팔 세
  (2) 固有數字：스물여덟 살

- 如果後面有加上量詞的話，下方五個數字要改成右邊的寫法/唸法。

數字	後面沒有量詞時	後面有量詞時
1	하나 （하나 개 ×）	한 （한 개 ○）
2	둘 （둘 개 ×）	두 （두 개 ○）
3	셋 （셋 개 ×）	세 （세 개 ○）
4	넷 （넷 개 ×）	네 （네 개 ○）
20	스물 （스물 개 ×）	스무 （스무 개 ○）

- 數字「1」如果出現在十、百、千、萬等位數時，[일]不會唸出來。
  例）199 [일백구십구] (×)　[백구십구] (○)

✏ 數詞的使用範圍

1. 漢字數詞

- 年/月/日 （년/월/일）
  例）2025년 1월 27일 [이천이십오 년 일 월 이십칠 일]

- 小時/點
  例）12:11:23 [열두 시 십일 분 이십삼 초]

- 價錢
  例）168 韓元 [백육십팔 원]

- 代碼
  房號：501호（501號）[오백일 호]
  公車號碼：643번（643號）[육백사십삼 번]
  電話號碼：0919-959-230 [공구일구(에)구오구(에)이삼공]
  ※手機號碼中間的連字號（-）讀 [에]，唸不唸出來皆可

- 當單位是外來語時
  重量（그램 克/ 킬로그램 公斤）：10 킬로그램 [십 킬로그램]
  長度/距離（센티미터 公分/ 킬로미터 公里）：3 센티미터 [삼 센티미터]
  面積（제곱센티미터 平方公分/ 제곱미터 平方公尺）：45 제곱센티미터 [사십오 제곱센티미터]

2. 固有數詞：數數時

※注意：韓文和中文的物品及數字單位順序是相反的

개 個	번 次	봉지 包
컵 한 개 一個杯子	일곱 번 七次	과자 열세 봉지 十三包餅乾
잔 杯	박스 箱	대 輛
커피 두 잔 二杯咖啡	귤 여덟 박스 八箱橘子	자동차 열네 대 十四台汽車
그릇 碗	켤레 雙（鞋、襪）	벌 件
밥 세 그릇 三碗飯	운동화 아홉 켤레 九雙運動鞋	옷 열다섯 벌 十五件衣服
병 瓶	권 本	조각 塊
콜라 네 병 四瓶可樂	책 열 권 十本書	피자 열여섯 조각 十六塊披薩
캔 罐	명 名、位	그루 棵
맥주 다섯 캔 五罐啤酒	학생 열한 명 十一名學生	나무 열일곱 그루 十七棵樹
마리 隻	송이 朵	부 份
강아지 여섯 마리 六隻小狗	장미 열두 송이 十二朵玫瑰	서류 열여덟 부 十八份文件

✎ 重點詞彙

1. 韓語中表示年、月、日的時候，數詞使用漢字數字。

2026년 11월 25일（이천이십육 년 십일 월 이십오 일）

1992년	2008년	2025년	2030년
천구백구십이 년	이천팔 년	이천이십오 년	이천삼십 년

1월	2월	3월	4월	5월	6월
일 월	이 월	삼 월	사 월	오 월	유 월

7월	8월	9월	10월	11월	12월
칠 월	팔 월	구 월	시 월	십일 월	십이 월

1일	6일	10일	12일	20일	31일
일 일	육 일	십 일	십이 일	이십 일	삼십일 일

2. 韓語中使用「固有數詞＋시、漢字數詞＋분」的形式表示具體時間。

8시 37분 (여덟 시 삼십칠 분)

1시	2시	3시	4시	5시	6시
한 시	두 시	세 시	네 시	다섯 시	여섯 시

7시	8시	9시	10시	11시	12시
일곱 시	여덟 시	아홉 시	열 시	열한 시	열두 시

1분	5분	10분	15분	30분	45분
일 분	오 분	십 분	십오 분	삼십 분	사십오 분

✏ 實戰應用

1. 請仿照例子，用韓文在空格處填寫符合規律的數字。

<보기> 일, 이, 삼, 사, 오, (　　), 칠, 팔

答案：육
_____

(1) 십, 이십, 삼십, (　　　　　　), 오십, 육십, 칠십, 팔십

(2) 하나, 셋, 다섯, (　　　　　　), 아홉, 열하나, 열셋

(3) 이, 사, 팔, 십육, 삼십이, 육십사, (　　　　　　)

(4) 여든, 일흔, 예순, 쉰, 마흔, 서른, (　　　　　　), 열

(5) 일, 사, 구, 십육, (　　　　　　), 삼십육, 사십구, 육십사

2. 請仿照例子，並根據圖片內容寫出合適的句子。

<보기> 　　사과 다섯 개입니다.
_____

(1) 　_____

(2) 　_____

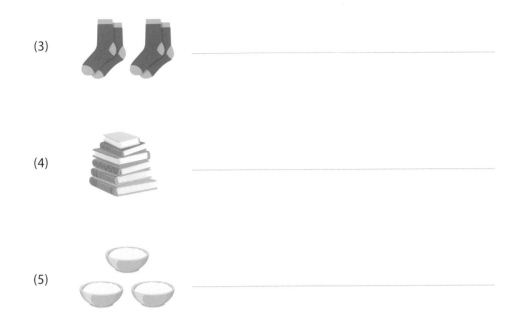

(3) _____

(4) _____

(5) _____

3. 請閱讀短文，回答問題。

제 이름은 이지민입니다. 2006년에 태어나서 올해 21살입니다. 지금 서울대학교에 다니고 있고 경제학과 3학년 학생입니다. 제 생일은 10월 27일입니다. 바로 내일입니다. 이번 생일을 기념하기 위해서 오늘 가족 사진을 찍기로 했습니다. 예약 시간이 오후 3시 30분이어서 지금 출발하려고 합니다.

(1) 請寫出下列數字的韓文。

2006년: (   ) 년

21살: (   ) 살

3학년: (   ) 학년

10월 27일: (   ) 월 (   ) 일

3시 30분: (   ) 시 (   ) 분

(2) 請用韓文回答下列問題。

① 오늘은 몇 월 며칠입니까?

_____

② 지민 씨 가족은 몇 명입니까?

_____

韓檢閱讀題型分析一：詞彙題

　　新韓國語文能力測驗初級（TOPIK I）閱讀部分共有四十小題，其中前九小題，即【31～39】小題側重考查學習者對韓語初級基本詞彙的掌握情況。九個小題可分為「選擇主題名詞」和「根據句意，選擇正確詞彙」兩種題型。第二種題型不僅包含名詞，還涉及動詞、形容詞、副詞和助詞。九道小題共計二十分，佔閱讀總分的百分之二十。下面我們透過模擬題對這兩種題型進行詳細的介紹。

一、題型1：選擇主題名詞

　　難易度：★☆☆☆☆
　　題數及配分：題號為【31～33】共三小題，每題兩分，總計六分。

> 백화점에 갑니다. 신발을 삽니다.

　　① 쇼핑　　② 공부　　③ 운동　　④ 음식

模擬題解析

　　題目的意思為「去百貨公司，買鞋子。」四個選項的中文意思如下所示：

選項	쇼핑	공부	운동	음식
中文意思	購物	學習	運動	食物
備註	外來語；shopping	漢字詞；工夫	漢字詞；運動	漢字詞；飲食

　　從題目中的名詞「백화점（百貨公司）」、「신발（鞋子）」和動詞「사다（買）」可知句子表達的內容與「쇼핑（購物）」相關，答案為①。

解題策略

解答此類題型的時候，可以從選項和題目兩個方面入手。

- 策略一：閱讀題目前，先確認四個選項中的單字並帶有意識地閱讀題目中的句子。選項的單字一般為某一類事物的統稱，所指範圍較寬泛，如「음식（食物）」「직업（職業）」「취미（興趣愛好）」「과일（水果）」等。

- 策略二：閱讀題目的句子時，可首先聚焦句中的名詞部分。以上述模擬題為例，通過「백화점（百貨公司）」和「신발（鞋子）」兩個名詞便可將答案鎖定於「①쇼핑（購物）」。其次可通過動詞、形容詞、副詞等其他具有實際意義的單字來幫助檢驗答案的正確性。上題中動詞「사다（買）」與「쇼핑（購物）」語意相關，再次證明①即為本題的正確答案。

二、題型2：根據句意，選擇正確詞彙

難易度：★☆☆☆☆

題數及配分：題號為【34～39】共六小題，總計十四分。其中考查名詞、形容詞、副詞和助詞的題目各設一小題，考查動詞的題目為兩小題。六小題中有兩小題的配分為三分，其餘四小題皆為兩分。三分題多集中於形容詞、動詞和副詞相關小題，偶爾涉及助詞小題。

考查詞性	名詞	動詞	形容詞	副詞	助詞
題數	1	2	1	1	1
單一題配分	2	2～3	2～3	2～3	2～3

길을 모릅니다. 사람들에게 (   ).

① 잡니다   ② 쉽니다   ③ 물어봅니다   ④ 헤어집니다

模擬題解析

題目的意思為「不認識路，向人（　）」。四個選項中的動詞及中文意思如下所示：

選項	자다	쉬다	물어보다	헤어지다
中文意思	睡	休息	問；打聽	離開；分手
備註	固有詞	固有詞	固有詞	固有詞

根據前句「不認識路」的情況可以推測後句為「向人（問路）」。四個選項中能表達「問；打聽」這一語意的動詞只有「물어보다」，所以答案為③。

解題策略

解答此類題型，同樣可以從選項和題目兩個方面入手。

- 策略一：先看選項，確認考查的詞彙類型及四個單字的基本語意，為有針對性地閱讀題目做好準備。以上述模擬題為例，通過選項可知此題考查基本動詞的語意及用法。

- 策略二：根據選項的詞性，鎖定題目中的解題關鍵詞。這裡的解題關鍵詞為表達實際語意的名詞、動詞及形容詞。根據考查詞性的不同，解題關鍵詞也會有一定的差異。
  一般而言，考查名詞、動詞及形容詞的小題，解題關鍵詞為題目中出現的名詞。而考查副詞的小題，需注意題目中的動詞或形容詞。上述模擬題的題目中出現了名詞「길（路）」，四個選項中能夠與「길」搭配使用的動詞只有「③ 물어보다（問；打聽）」。

三、模擬試題

[1〜5] 무엇에 대한 이야기입니까? 알맞은 것을 고르십시오.

1. 사과가 맛있습니다. 딸기도 맛있습니다.

   ① 계절　　　　② 공부　　　　③ 과일　　　　④ 쇼핑

2. 비가 옵니다. 바람도 많이 붑니다.

   ① 날씨　　　　② 방학　　　　③ 날짜　　　　④ 휴일

3. 커피는 삼천 원입니다. 빵은 오천 원입니다.

   ① 일　　　　　② 집　　　　　③ 값　　　　　④ 맛

4. 저는 올해 스물한 살입니다. 형은 저보다 두 살이 많습니다.

   ① 직업　　　　② 학년　　　　③ 요일　　　　④ 나이

5. 누나는 눈이 큽니다. 입은 작습니다.

   ① 시간　　　　② 얼굴　　　　③ 주말　　　　④ 나라

[6〜10] (　　　)에 들어갈 가장 알맞은 것을 고르십시오.

6. 도서관에 갑니다. (　　　)을 읽습니다.

   ① 책　　　　　② 옷　　　　　③ 물　　　　　④ 밥

7. 날씨가 덥습니다. 에어컨을 (　　　).

   ① 잡니다　　　② 켭니다　　　③ 닫습니다　　　④ 놓습니다

8. 사랑하는 남자 친구와 헤어졌습니다. 마음이 너무 (　　　).

   ① 깨끗합니다　　② 고픕니다　　③ 따뜻합니다　　④ 아픕니다

9. 우리는 (　　　) 만났습니다. 그래서 서로 잘 압니다.

   ① 처음　　　　② 오래　　　　③ 아직　　　　④ 빨리

10. 저녁 약속이 있습니다. 식당 앞에서 친구를 (　　　).

    ① 도와줍니다　　② 가르칩니다　　③ 일어납니다　　④ 기다립니다

小知識補充：常用流行語

1. 【名詞＋알못】 ～癡

- 알못 是從 ～을/를 알지 못하다 來的，直譯是「無法知道……」。
- 所以【名詞＋알못】就是形容對某事物一竅不通或是一無所知。通常會取名詞的第一個字加上去。

  例）

  (1) 컴알못(컴퓨터알못) → 컴퓨터를 잘 못해요./컴퓨터를 잘 몰라요.
  不太會用電腦。/不懂電腦。

  (2) 겜알못(게임알못) → 게임을 잘 못해요./게임을 잘 몰라요.
  不太會玩電腦遊戲。/不懂電腦遊戲。

  (3) 패알못(패션알못) → 패션을 잘 몰라요./옷을 잘 못 입어요.
  不太會穿搭衣服。/不懂時尚。

  (4) 야알못(야구알못) → 야구를 잘 몰라요.
  不太懂棒球。

  (5) 춤알못 → 춤을 잘 몰라요.
  不太會跳舞。

- 如果擔心對方不懂是什麼，可以在講完～알못後，補充整個名詞。
- 可用句型參考：

  (1) 저는＿＿＿＿＿＿＿＿알못이에요. ＿＿＿＿＿＿＿＿을/를 잘 못해요.
  我是～癡，不太會～。

  (2) 저는＿＿＿＿＿＿＿＿알못이에요. ＿＿＿＿＿＿＿＿을/를 잘 몰라요.
  我是～癡，不太知道～。

2. 【名詞＋잘알】 ～通

- 잘알 是從 ～을/를 잘 알다 來的，直譯是「很清楚知道……」。
- 所以【名詞＋잘알】就是形容對某事物瞭若指掌。
- 雖然也算是大部分的人都知道的流行語，但使用頻率沒有「～알못」 高。同樣會取名詞的第一字加上去，不過也很常可以看到整個名詞直接加上去的情況。
- 另外「～잘알」也常使用在想表達很了解某人時，這時直接用【名字＋잘알】。當然，如果有對話脈絡，只取名字的第一個字加上去也沒有問題。

  例)

  (1) 방잘알 → 방탄소년단을 잘 알아요. 很了解防彈少年團。

  (2) 카잘알 → 카메라를 잘 알아요. 很懂攝影。 （카잘알也有可能是car잘알）

  (3) 맛잘알 → 맛집을 많이 알아요. 知道很多好吃的餐廳。

  (4) 차잘알 → 차를 잘 알아요. 很懂車。

  (5) 브랜드잘알 → 브랜드를 많이 알아요. 知道很多牌子。

- 可用句型參考：

  ＿＿＿＿＿＿＿은/는＿＿＿＿＿＿잘알이에요. ＿＿＿＿＿＿을/를 완전 잘 알아요.

  ＿＿＿＿＿＿＿是～通，很瞭解～。

2
WEEK
助詞

格助詞① │ 이/가, 을/를

✎ 主格助詞 이/가 介紹

1. 名詞後面加이/가，此時該名詞代表「做某動作」或是「處於某狀態」的主體。
   即加上이/가之後，該名詞會成為句子中的主語，因此稱為主格助詞。

	要使用的主格助詞	例子
最後一個字有收尾音	이	입술 嘴唇＋이＝입술이
最後一個字無收尾音	가	아이 小孩＋가＝아이가

例) 입술이 아파요. 嘴唇很痛。 （處於「很痛」這個狀態的主體是「嘴唇」）
    아이가 울고 있어요. 小孩在哭。 （做「哭」這個動作的主體是「小孩」）

2. 特別注意：저 我（自謙）/ 나 我（半語）/ 너 你（半語）/ 누구 誰＋ 이/가 時

   • 저＋가 ＝ 저가（✕）제가（○）
   • 나＋가 ＝ 나가（✕）내가（○）
   • 너＋가 ＝ 너가（✕）네가（○）
   • 누구＋가 ＝ 누구가（✕）누가（○）

✎ 固定使用 이/가 的句型

• **多個選項中指定/選出其一時，答句中的主語通常會用이/가。**

1. 當問句中包含「누가（누구＋가）」，問「是誰～」時，答句中的主語要用이/가。

   例) A：누가 왔어요? 誰來了？
       B：동일이가 왔어요. 東一來了。 （不是別人，就是東一）
       ※ 동일「이」的這個이並不是主格助詞이/가的이，而是接詞이，通常加在有收
          尾音的名字後面，可以讓這個名字唸起來更順。

2. 當問句中包含「무엇이 或 뭐가」，問「是什麼人事物～」時，答句中的主語要用이/가。

　　例）A：대체 무엇이/뭐가 문제일까요? 到底問題是什麼？
　　　　B：사람이 문제예요. 問題在人。（不是其他的，就是人有問題）

3. 當問句中包含「어디」，問「是某人事物的哪裡～」時，答句中的主語要用이/가。

　　例）A：남자 친구 어디가 그렇게 좋아요? 你男朋友哪一點讓你這麼喜歡？
　　　　B：성격이 아주 자상해요. 他個性非常體貼。（在所有可能性中挑出個性）

4. 表示「最、第一」，例如有「먼저、제일、가장」等副詞時，主語固定用이/가。

　　例）오늘 수지 씨가 회사에 가장 먼저 도착했어요. 今天秀智最早到公司。

✏ 目的格助詞 을/를 介紹

1. 名詞後面加을/를，此時該名詞代表「受到某動作影響」或是「接受某動作」的對象。即加上을/를之後，該名詞會成為句子中的目的語，因此稱為目的格助詞。

	要使用的目的格助詞	例子
最後一個字有收尾音	을	라면 泡麵＋을=라면을
最後一個字無收尾音	를	강아지 小狗＋를=강아지를

　　例）아빠가 라면을 끓였어요. 爸爸煮了泡麵。
　　　　이모가 강아지를 키워요. 阿姨有養小狗。

2. 當前面沒有收尾音時，를可以縮寫成「ㄹ」，與前面的名詞結合，但僅限於非正式口語或非正式文書中使用。

　　• 저＋를 → 저를 → 절
　　• 나＋를 → 나를 → 날
　　• 뭐＋를 → 뭐를 → 뭘

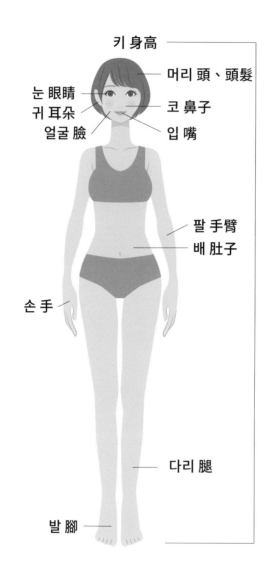

키 身高

머리 頭、頭髮

눈 眼睛
귀 耳朵

코 鼻子

얼굴 臉

입 嘴

팔 手臂
배 肚子

손 手

다리 腿

발 腳

• N이/가 크다、N이/가 작다

눈이 크다 眼睛大   키가 크다 身高高
눈이 작다 眼睛小   키가 작다 身高矮

✎ 實戰應用

1. 請選擇合適的助詞完成句子。

이	가	을	를

(1) 생일(　　　) 언제입니까?

(2) 매일 춤(　　　) 춰요.

(3) 오늘은 날씨(　　　) 좋습니다.

(4) 주말에 영화(　　　) 봐요.

(5) 저기(　　　) 학생 식당입니까?

2. 請根據圖片內容，完成對話。

(1)
가: 지금 무엇을 해요?
나: _____

(2)
가: 무슨 계절을 좋아해요?
나: _____

(3)
가: 점심에 뭘 먹었어요?
나: _____

(4)  가: 백화점에 가서 무엇을 살 거예요?

나:_____

3. 請根據圖片內容，仿照例子描述人物的五個特徵。

(1)

<보기> 얼굴이 작아요.

(1)_____

(2)_____

(3)_____

(4)_____

(5)_____

格助詞② | 에/에서
補助詞① | 부터/까지

✏ 格助詞 에 介紹

1. 時間

例）토요일에 친구를 만날 거예요. 星期六要見朋友。

(雖然中文使用「星期六」即可，但韓文要加에，才能知道「토요일」在這個句子中代表一個時間)

2. 目的地

例）오후에 여동생이랑 백화점에 갈 거예요. 下午要和妹妹一起去百貨公司。

(當某地點在句子中表示一個目的地，該地點名詞後面要加에)

3. 人事物所在場所

例）가족이 대만에 있어요. 我的家人們在台灣。

(這時的에可以想成是「在」某個定點的意思)

✏ 格助詞 에서 介紹

1. 動作進行的場所

例）저는 회사에서 밥을 먹었어요. 我在公司吃過飯了。

(當在一個地點做了某動作時，這時要用에서來表示這個地點)

2. 出發地

例）저는 아침에 집에서 출발해요. 我早上從家裡出發。

(可以從에서和前後文得知，這時집不是目的地也不是動作進行的場所，而是出發地)

場所/地點＋에/에서的比較

- 共同點：都可以加在地點/場所後方
- 差異：根據「是否有具體的動作進行」

有→에서

例）저는 카페에서 친구를 만났어요. 我和朋友在咖啡廳見面。
（有做「見面」這一動作）

없有→에

例）카페에 사람이 없어요. 咖啡廳沒有人。
（描述沒有人的狀態，並無動作進行）

✎ 補助詞 부터 介紹

1. 某事的開始時間

例）봄 학기는 3월부터 시작해요. 春季學期從三月開始。

2. 某事的起始動作

例）저는 밥을 먹을 때 고기부터 먹어요. 我吃飯時都先吃肉。

에서/부터的比較

- 共同點：都有「開始、起始」的意思
- 差異：

에서→前面通常加地點/場所

例）우리 집에서 회사까지 30분이 걸려요. 從我家到公司要三十分鐘。
※如果에서前面加時間，即表示時間的起點時，後面通常會搭配까지使用。

부터→前面通常加時間

例）보걸은 매일 아침 9시부터 오후 3시까지 아르바이트를 해요.
保杰每天早上九點到下午三點要打工。

✏️ 補助詞 까지 介紹

1. 某空間範圍的結束

例）홍대에서 강남까지 얼마나 걸려요? 從弘大到江南要多久？

2. 某時間範圍的結束

例）이 프로젝트는 금요일까지 완성해야 돼요. 這個案子要在星期五前做完。

✏️ 易混淆助詞句型補充

1. 地點＋에 앉다 坐在～

例）여기에 앉아서 기다려 주세요. 請坐在這邊等待。

2. 地點＋에서 만나다 在～見面

例）여자친구와 10시에 지하철역에서 만나기로 했어요.
我和女朋友約10點在地鐵站見面。

3. 地點＋에/에서 살다 住在～

例）저는 서울에/서울에서 살아요. 我住在首爾。
※「살다(v.) 住；生活」這一動詞前面用에/에서皆可

4. ～부터 ～까지 從（什麼時候）到（什麼時候）

例）아침 8시부터 저녁 6시까지 일해요. 我從早上8點工作到晚上6點。

5. ～에서 ～까지 從（哪裡）到（哪裡）

例）서울에서 부산까지 기차로 가는 것이 편해요. 從首爾到釜山坐火車很方便。

✏ 重點詞彙

1. 星期/時段

월요일	화요일	수요일	목요일	금요일	토요일	일요일
星期一	星期二	星期三	星期四	星期五	星期六	星期日
오전	오후	아침	점심	저녁	평일	주말
上午	下午	早上	中午	晚上	平日	週末

2. 場所/地點

대학교	교실	도서관	화장실
大學	教室	圖書館	洗手間
식당	기숙사	운동장	편의점
餐廳	宿舍	運動場	便利商店
카페	은행	우체국	회사
咖啡廳	銀行	郵局	公司
호텔	주유소	공항	병원
飯店	加油站	機場	醫院
헬스장	지하철역	버스 정류장	기차역
健身房	地鐵站	公車站	火車站
미술관	박물관	동물원	식물원
美術館	博物館	動物園	植物園

✏ 實戰應用

1. 請選擇合適的助詞完成句子。

에	에서	부터	까지

(1) 아버지가 회사(   ) 계십니다.

(2) 저는 일어나서 세수(   ) 해요.

(3) 학교가 집(   ) 얼마나 걸립니까?

(4) 지하철역에서 기숙사(   ) 걸어서 갑니다.

(5) 주말(   ) 카페(   ) 공부해요.

2. 請根據中文句子，仿照例子，使用「에」或「에서」完成句子。

<보기> 桌子上有一盒牛奶。
책상 위에   우유가 있습니다.

(1) 在宿舍睡覺。   잠을 잡니다.

(2) 去便利商店買三角飯糰。   김밥을 사러 _____ 갑니다.

(3) 在學生餐廳吃飯。   _____ 밥을 먹어요.

(4) 哥哥在銀行工作。   오빠가 _____ 일합니다.

3. 請根據表格內容，仿照例子描述政勛的日程。

<보기>	집	오전 07:30～08:00	吃早餐
(1)	도서관	오전 09:00～12:00	讀書
(2)	학생 식당	오후 12:10～12:45	吃午餐
(3)	편의점	오후 01:00～05:00	打工
(4)	카페	저녁 06:00～07:50	見朋友
(5)	헬스장	저녁 08:40～10:00	運動

<보기> 오전 7시 30분부터 8시까지 집에서 아침을 먹습니다.

(1) _____

(2) _____

(3) _____

(4) _____

(5) _____

格助詞③ | 에게(한테/께), (으)로

✎ 副詞格助詞 에게 介紹

1. 接收動作或受到某動作影響的人/動物＋에게= 給/向～
※한테跟에게是一樣的意思，但에게是書面語及口語都可以使用，한테僅限口語使用。

2. 無論前面的名詞有沒有收尾音都加에게/한테。

例）친구 생일에 친구에게/친구한테 립스틱을 선물했어요.
朋友生日那天我送了一隻唇膏給他。

3. 께用在當前面接的對象是需要尊敬的人時，例如父母、教授等等。

例）할머니께 선물을 드렸어요. 送了禮物給奶奶。 （할머니에게→할머니께）

4. 常用句型

(1) A이/가 B에게 C을/를 주다 A給B C
• 대표님이 저에게 미션을 주셨어요. 老闆給了我任務。
• 형이 강아지에게 장난감을 주었어요. 哥哥給了小狗玩具。
◦ 언니가 꽃에 물을 주었어요. 姊姊給花澆了水。

※에/에게比較

에	에게
前面皆加接收動作或受到某動作影響的對象	
限沒有感情的事物（植物/物品）	限有感情的生命體（人類/動物）
물병에（水瓶）；나무에（樹）	가족에게（家人）；상사에게（上司）
물병에 빨대를 꽂아요. 在水瓶插入吸管。	가족에게 연락해요. 聯絡家人。

(2) A이/가 B에게 전화하다 A打電話給B

• 선생님이 결석한 학생에게 전화하셨어요. 老師給缺席的學生打了電話。

補充：A에게서/한테서 전화가 오다 A打來了電話

• 오늘 아침에 친구한테서 전화가 왔어요. 今天早上接到了朋友打來的電話。

※有時「서」會被省略，須從上下文判斷是打電話的人還是要聯絡的人。

✏ 副詞格助詞(으)로 介紹

1. 前面的名詞沒有收尾音＋로；前面的名詞有收尾音＋으로。

2. (으)로有多個意思

• 方向/場所＋(으)로：往/朝著～

例）이쪽으로 쭉 가면 버스 정류장이 나와요. 朝這個方向直直前進，就會看到公車站牌。
　　여름 방학 때 한국으로 여행을 갈 거예요. 我暑假要去韓國旅行。

※에/(으)로 比較

에	(으)로
強調目的地	強調方向
可以搭配「도착하다（到達）」 例）기차역에 도착했어요. （○） 　　到達火車站了。	不能搭配「도착하다（到達）」，因為 「方向」無法到達 例）기차역으로 도착했어요. （×） 　　往火車站到達了。

• 手段/方式/工具＋(으)로：用～

例）저는 새우 껍질을 입으로 까요. 我都用嘴巴剝蝦殼。
　　그는 행동으로 결심을 보여 줬어요. 他用行動展現了他的決心。

• 原料/材料＋(으)로：用～做的

例）이 빵은 쌀로 만든 거예요. 這個麵包是用米做的。

3. 常用搭配：이것 這個 / 그것 那個 / 저것 那個＋으로

※이것으로/그것으로/저것으로 都可以使用，但也很常縮寫成이걸로/그걸로/저걸로

例）A：이걸(이것을) 어떻게 열었어요?! 這個你是怎麼開的？！
　　B：이걸로 열었어요. 用這個開的。

✏ 重點詞彙

위 上

밑/아래 下

앞 前

뒤 後

안 裡

밖 外

왼쪽 左

오른쪽 右

※ 延伸補充

위로 올라가다/올라오다 上去/上來

아래로 내려가다/내려오다 下去/下來

안으로 들어가다/들어오다 進去/進來

밖으로 나가다/나오다 出去/出來

✏️ 實戰應用

1. 請填入合適的助詞完成句子。

(1) 학교에 버스(   ) 가요.

(2) 오빠가 미국(   ) 대학에 다녀요.

(3) 부모님(   ) 선물을 사 드렸어요.

(4) 여기에 볼펜(   ) 이름을 쓰세요.

(5) 선생님(   ) 학생(   ) 질문을 하셨어요.

2. 聖誕節智敏打算為大家準備什麼禮物？請仿照例子，完成句子。

| <보기> | 부모님 | | 부모님께 장갑을 선물할 거예요. |

(1)   언니

_____

(2)   오빠

_____

(3)   여동생

_____

(4)　　남자 친구　

3. 智敏週末到商場購物，請根據圖片內容，完成對話。

[지민目前所在位置為2樓]

5층: 서점/문구점
4층: 운동화
3층: 남자 옷/남자 화장실
2층: 여자 옷/여자 화장실

1층: 화장품

지하 1층: 식당

<보기>

지민: 화장실이 어디에 있어요?

직원: 여자 화장실이 앞에 있어요. 좀 더 앞으로 가세요.

(1) 지민: 식당이 어디에 있어요?

　　직원:

(2) 지민: 운동화를 어디에서 살 수 있어요?

　　직원:

(3) 지민: 화장품을 어디에서 살 수 있어요?

　　직원:

(4) 지민: 서점이 어디에 있어요?

　　직원:

補助詞② | 은/는

補助詞 은/는 介紹

名詞後面加은/는，此時該名詞有「主題、話題」或是「比較、對比」的意思。

1. 主題

例)
- 저는 대만에서 온 교환 학생이에요. 我是台灣來的交換生。（此時「我」是一個主題）
- A：취미가 뭐예요? 你的興趣是什麼？
  B：제 취미는 수영이에요. 我的興趣是游泳。（此時「我的興趣」是一個主題）
- 은우 씨는 다리가 매우 길어요. 銀優，他的腿很長。（此時「銀優」是一個主題）
- ※ 比較：은우 씨의 다리는 길어요. 銀優的腿很長。（此時「銀優的腿」是一個主題）

2. 對照（強調）

▶有明顯對照組，即對比的所有主體都在同一個句子，或擺在一起比較。

例)
- 누나는 공부를 잘하는데 저는 공부를 못해요. 姐姐很會讀書，但我不會。
- A：수빈이랑 슬기는 이번에 모두 서울대 대학원에 붙었어요?
  秀彬跟瑟琪都上了首爾大學研究所了嗎？
  B：수빈이만 붙었어요. 슬기는 다른 대학교 대학원에 붙었어요.
  只有秀彬上了。瑟琪上了其他學校的研究所。

▶沒有明顯對照組，即對比的所有主體可能沒有都出現，或沒有擺在一起比較。

例)
- A：우유가 있어요? 有牛奶嗎？
  B：아니요. 두유는 있어요. 沒有，（但）有豆漿。
  （此時「沒有牛奶」和「有豆漿」形成對比）
- A：지금 밖에 날씨는 어때? 現在外面天氣怎樣？
  B：먹구름 좀 있긴 해. 근데 비는 안 와. 是有一點烏雲，但沒有下雨。
  （此時「有烏雲」和「沒有下雨」的情況形成對比）

✎ 이/가、은/는 比較

主格助詞 이/가	補助詞 은/는
皆主要用在主語位置	
只能用在主語位置	可以用在主語以外的位置，例如目的語、副詞語 • 主語：저는 직장인이에요. 我是上班族。 • 目的語：저는 회를 못 먹어요. 하지만 육회는 좋아해요. 我沒辦法吃生魚片，但生牛肉我很喜歡。 • 副詞語：잘은 모르겠어요. 我不太清楚。
不太能和其他助詞結合 例）겨울에가 건조하고 여름에가 습해요.（×）	可以較自由地與其他助詞結合 例）겨울에는 건조하고 여름에는 습해요.（○） 冬天很乾燥、夏天很潮濕。
新資訊：即之前未提過的資訊 例）옛날에 한 할머니가 있었습니다. 그 할머니는 마음씨가 매우 착했습니다. 從前從前有一位老奶奶，這位老奶奶的心地非常善良。	舊資訊：即之前已提過的資訊 例）옛날에 한 할머니가 있었습니다. 그 할머니는 마음씨가 매우 착했습니다. 從前從前有一位老奶奶，這位老奶奶的心地非常善良。
兩個以上的選擇中，被指定的人事物用 이/가 例）A：식혜랑 버블티 중에 식혜가 대만 음료수지요? 甜米露和珍珠奶茶中，甜米露是台灣飲料吧？ B：아니요. 버블티가 대만 음료수예요. 不是，珍珠奶茶才是台灣飲料。	無「指定」意義
無「對照」意義	可用來表示「對照」 例）어제 날씨가 더웠는데 오늘은 춥네요. 昨天天氣還很熱的，結果今天好冷啊。

봄 春天　　여름 夏天　　가을 秋天　　겨울 冬天

따뜻하다 溫暖　　덥다 熱　　시원하다 涼爽　　춥다 冷

맑다 晴　　흐리다 陰

비가 오다 下雨　　눈이 내리다 下雪　　바람이 불다 刮風　　안개가 끼다 起霧

✎ 實戰應用

1. 請仿照例子，完成對話。

<보기>

가: 선생님 이름이 무엇입니까? (김민정)

나: 선생님 이름은 김민정입니다.

(1) 가: 저것이 무엇입니까? (한국어 책)

나: ＿＿＿＿＿＿＿＿＿＿＿＿＿＿＿＿＿＿＿＿＿

(2) 가: 여기가 어디입니까? (도서관)

나: ＿＿＿＿＿＿＿＿＿＿＿＿＿＿＿＿＿＿＿＿＿

(3) 가: 동대문 시장이 어디에 있습니까? (서울)

나: ＿＿＿＿＿＿＿＿＿＿＿＿＿＿＿＿＿＿＿＿＿

(4) 가: '이순신 장군'이 누구입니까? (한국의 영웅)

나: ＿＿＿＿＿＿＿＿＿＿＿＿＿＿＿＿＿＿＿＿＿

2. 請根據圖片內容和所給單字，仿照例子造句。

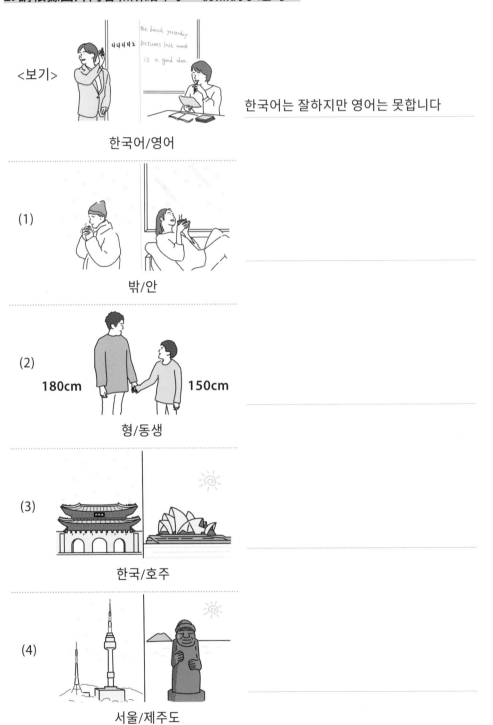

<보기>

한국어/영어

한국어는 잘하지만 영어는 못합니다

(1)

밖/안

(2)

180cm   150cm

형/동생

(3)

한국/호주

(4)

서울/제주도

3. 請使用「이/가」或「은/는」填空，完成短文。

　한국(　　　　　) 봄, 여름, 가을, 겨울 사계절이 있습니다.

　봄은 따뜻하지만 바람이 많이 붑니다. 봄에는 꽃(　　　　　) 많이 피어서 사람들이 꽃 구경을 하러 갑니다.

　여름에(　　　　　) 덥습니다. 그리고 6월 말에서 7월 초는 장마철이라서 비(　　　　　) 많이 옵니다. 장마철이 끝나면 여름 휴가(　　　　　) 시작됩니다. 한국 사람들은 보통 산이나 바다로 휴가를 갑니다.

　한국의 가을 날씨(　　　　　) 선선합니다. 가을 하늘은 높고 맑아서 아름답습니다. 사람들은 단풍 구경을 하기 위해 등산을 많이 갑니다.

　겨울에는 춥고 눈(　　　　　) 옵니다. 특히 강원도(　　　　　) 눈이 많이 와서 사람들이 스키를 타러 많이 갑니다.

補助詞③ | 만, 도, 마다, 밖에

✏️ 補助詞 만 介紹

1. 名詞＋만 = 只/只有～

2. 無論前面的名詞有沒有收尾音都加만。

例） 저는 면만 먹어요. 我只吃麵。
이 카페는 케이크만 맛있어요. 這家咖啡廳只有蛋糕好吃。

3. 可以和主格助詞「이」和目的格助詞「을」結合，變成「만이」、「만을」，這時有更加強調的語感。

✏️ 補助詞 도 介紹

1. 名詞＋도 = 也～

2. 無論前面的名詞有沒有收尾音都加도。

例） 저는 일본에 가 봤어요. 한국도 가 봤어요. 我去過日本，也有去過韓國。
저는 대만 드라마도 좋아해요. 我也喜歡台灣的電視劇。

3. 可以連用：～도～도 ～也～也

例） 저는 한국 드라마도 대만 드라마도 다 봐요. 我看韓劇也看台劇。

4. 不可以和主格助詞和目的格助詞結合。

例） 저는 어제 술을도 마셨어요. （×）
저는 어제 술도 마셨어요. （○）我昨天也喝了酒。

✏️ 補助詞 마다 介紹

1. 名詞＋마다 = 每個～

2. 無論前面的名詞有沒有收尾音都加마다。

例） 성격은 사람마다 달라요. 每個人的個性都不一樣。
학교에서 해마다 교환 학생을 10명을 보내요. 學校每年都會送十位交換學生出去。

✏️ 補助詞 밖에 介紹

1. 名詞＋밖에 = 除了～以外；只有～

2. 無論前面的名詞有沒有收尾音都加밖에。

> 例） 우리 집 근처에는 한국 음식점밖에 없어요. 我家附近只有韓式餐廳。
> 제 생활에는 일밖에 없어요. 我的生活中除了工作以外，什麼都沒有。

✏️ 文法補充：助詞疊加

即兩個以上的助詞疊加在一起的現象，以下為幾個常見的疊加。

1. 만이 只有（強調語氣）

- 이것은 너만이 아는 비밀이야. 這是只有你才知道的祕密。
- 수진 씨만이 저를 잘 알아요. 只有秀珍懂我。

2. 에만 只有在～才

- 이 과자는 여기에만 있는 상품이에요. 這款餅乾是這裡才有的商品。
- 우리 학교에만 유학생이 백 명이 있어요. 光是我們學校就有一百名留學生。

3. 까지만 只到～為止

- 지하철역까지만 태워 주시면 돼요. 載我到地鐵站就可以了。
- 우리 여기까지만 하자. 我們就到這吧。（通常用在情侶間分手的情況）

4. 만으로도 只靠～也

- 이것만으로도 충분해요. 只靠這些也夠了。
- 어떤 병은 야채를 많이 먹는 것만으로도 나을 수 있어요. 有些病只要多吃蔬菜就能痊癒。

5. 보다도 比起～都

- 이번 여행은 그 어떤 경험보다도 소중해요. 這次旅行比任何經歷都更珍貴。
- 무엇보다도 건강이 제일 중요해요. 比起任何事物，健康才是最重要的。
※ 보다（表示「比較」的格助詞）：名詞＋보다 = 比～

6. 에서도 在～也

- 육회는 한국에서도 먹을 수 있어요. 生牛肉在韓國也能吃到。
- 집에서도 할 수 있는 일을 왜 밖에서 해요? 在家也能做的事為什麼要在外面做？

✏ 重點詞彙

1. 韓國食物

김밥

海苔飯捲

떡볶이

辣炒年糕

비빔밥

韓式拌飯

냉면

冷麵

김치찌개

泡菜湯

된장찌개

大醬湯

순두부찌개

嫩豆腐湯

칼국수

刀削麵

불고기

炒牛肉

삼겹살

烤五花肉

삼계탕

蔘雞湯

갈비탕

排骨湯

2. 口味形容詞

맵다 辣　　　짜다 鹹　　　싱겁다 淡　　　달다 甜　　　쓰다 苦　　　시다 酸

저는 삼계탕도 좋아하고 갈비탕도 좋아해요.
我既喜歡蔘雞湯，也喜歡排骨湯。
매운 김치찌개만 못 먹어요.
只有辣的泡菜湯吃不了。

✏ 實戰應用

1. 請選擇合適的助詞完成句子。

만	도	마다	밖에	은/는

(1) 김밥 하나(　　　　) 주세요.

(2) 제 동생은 학생인데 매일 게임(　　　　) 안 해서 걱정이에요.

(3) 불고기가 맛있어요. 잡채(　　　　) 맛있어요.

(4) 이 한식집(　　　　) 메뉴가 아주 다양해요.

(5) 나라(　　　　) 대표적인 음식이 있어요.

2. 請選擇正確的答句。

(1) 가: 한국 드라마도 보세요?
　　나: _____

　① 네, 한국 드라마를 잘 안 봐요.
　② 네, 미국 드라마를 어제도 봤어요.
　③ 아니요, 미국 드라마만 봐요.
　④ 아니요, 한국 드라마를 자주 봐요.

(2) 가: 태훈 씨는 운동을 자주 하세요?
　　나: _____

　① 네, 아침마다 헬스장에 가요.
　② 네, 헬스장에 갈 시간이 없어요.
　③ 아니요, 헬스장에 거의 매일 가요.
　④ 아니요, 주말만 헬스장에 안 가요.

(3) 가: 한국 음식을 많이 먹어 봤어요?
　　나: _____

　① 네, 비빔밥밖에 못 먹어 봤어요.
　② 네, 삼계탕도 좋아하고 냉면도 좋아해요.
　③ 아니요, 김치찌개만 먹어 봤어요.
　④ 아니요, 음식점마다 메뉴가 달라요.

3. 請根據圖片內容，完成句子。

(1)

_____ 좋아하는 음식이 다를 수 있어요.

(2)

교실에는 학생도 있고 _____ 계세요.

(3)

기말시험까지 _____ 안 남았어요.

(4)

이번 주는 _____ 쉴 수 있어요.

接續助詞 | 와/과, (이)랑, 하고, (이)나

✏️ 接續助詞 와/과, (이)랑, 하고 介紹

1. 三個接續助詞 와/과, (이)랑, 하고都是「和、與、還有」的意思，可以連接多個人事物。

	와/과	(이)랑	하고
前面名詞 有無收尾音	有收尾音：接과 無收尾音：接와	有收尾音：接이랑 無收尾音：接랑	有無收尾音都接하고
口語/書面語	書面語 ※口語中也可以使用	口語	口語
能否連用 例）現在家裡有奶奶、媽媽、哥哥。	不能連用 •지금 집에 할머니와 엄마와 오빠가 있어요. （×） •지금 집에 할머니, 엄마와 오빠가 있어요. （○） •지금 집에 할머니와 엄마, 오빠가 있어요. （○）	可以連用 •지금 집에 할머니랑 엄마랑 오빠가 있어요. （○）	可以連用 •지금 집에 할머니하고 엄마하고 오빠가 있어요. （○）

2. 雖然三者意思一樣，但是不能混用。

　　例）我喜歡中文、韓文還有英文。
　　　　저는 중국어하고 한국어하고 영어를 좋아해요. （○）
　　　　저는 중국어와 한국어랑 영어를 좋아해요. （×）

3. 와/과, (이)랑, 하고的另一個意思：用來表示「和（某人事物）～」。

　•和～（一起做某事）：저는 친구와 점심을 먹었어요. 我和朋友吃午餐了。
　•和～（相比/類似/一樣等等）：남동생과 비교했을 때 저는 공부를 더 잘해요.
　　和弟弟相比，我比較會讀書。

※總整理

와/과, (이)랑, 하고	
當「接續助詞」時	當「副詞格助詞」時
A 和 B 和 C 和 D（羅列）	和 A 一起/一樣/類似/不同……

✎ 接續助詞 (이)나 介紹

1. (이)나表示「或」，即兩個以上的選項中擇一。

2. 前面名詞有收尾音時加이나，沒有收尾音時加나。

例）저는 아침에 보통 빵이나 과일을 먹어요. 我早上通常吃麵包或是水果。

이번 주나 다음 주에 집을 청소할 거예요. 這週或下週會打掃房子。

✎ 常用句型搭配

以下為副詞格助詞와/과,(이)랑, 하고的常用搭配，三個助詞可以自由替換。

1. 와/과 같이

（意思1）和誰～一起
- 저는 남편과 같이 다이어트를 하고 있어요. 我和老公一起在減肥。
- 남자 친구는 갑자기 아빠와 같이 나타났어요. 男友和爸爸突然一起出現了。

（意思2）和～一樣地；就如同～一樣地
- 부모님의 사랑은 봄의 햇살과 같이 따뜻해요. 父母的愛就如春天的陽光一般溫暖。
- 선생님의 마음은 바다와 같이 넓어요. 老師的心胸就同大海一樣寬廣。

2. 와/과 달리 和～不同的是

- 한국은 대만과 달리 겨울에 눈이 내려요. 韓國和台灣不同，冬天的時候會下雪。
- 이 고양이는 외모와 달리 매우 순해요. 這隻貓性格和外表不同，非常溫馴。

3. 와/과 비슷하다 和～類似

- 한국어의 문법은 일본어와 비슷해요. 韓語的文法跟日語很類似。
- 윤아 씨의 성격이 저와 비슷해서 빨리 친해졌어요. 因為潤娥的個性和我很像，所以我們很快就變熟了。

4. A 와/과 B을/를 비교하다；B을/를 A 와/과 비교하다 比較 A 和 B

※「B 을/를」可視情況省略
- 자신의 한국어 발음을 한국인의 발음과 비교해 보세요. 請比較看看自己和韓國人的發音。
- 남과 비교하지 마세요. 請不要和別人比較。

✏ 重點詞彙

할아버지

爺爺

할머니

奶奶

아버지(아빠)

爸爸

어머니(엄마)

媽媽

누나/언니

姐姐（男用/女用）

형/오빠

哥哥（男用/女用）

남동생

弟弟

여동생

妹妹

남편

丈夫

아내

妻子

아들

兒子

딸

女兒

※ 其他單字

가족 家人	동생 弟弟妹妹	부모 父母
자녀 子女	형제자매 兄弟姐妹	손자 孫子
손녀 孫女	삼촌 叔叔	이모 阿姨
고모 姑姑	사촌 堂表兄弟姐妹	배우자 配偶
시부모 公公婆婆	며느리 媳婦	사위 女婿

✏ 實戰應用

1. 請選擇合適的助詞完成句子。

을/를	와/과	한테	(이)나	(으)로

(1) 학생들(　　　　) 한국어를 가르쳐요.

(2) 한국 사람은 숟가락(　　　　) 밥을 먹어요.

(3) 도서관(　　　　) 카페에서 공부해요.

(4) 가족(　　　　) 함께 여행을 가고 싶어요.

(5) 저는 주말에 친구들(　　　　) 운동(　　　　) 자주 해요.

2. 請根據圖片內容，使用「(이)나」完成對話。

(1)

가: 뭘 마시고 싶어요?

나:_____

(2)

가: 내일 친구를 만나서 뭘 할 거예요?

나:_____

(3)

가: 저녁에 뭘 먹을까요?

나:_____

(4)

가: 방학에 어디로 여행을 갈 거예요?

나:_____

3. 請仿照例子，根據自己的實際情況填空後完成句子。

<보기>

좋아하는 과일	
딸기	오렌지

저는 딸기와 오렌지를 좋아해요.

(1)

먹고 싶은 한국 음식	

_____.

(2)

잘하는 운동	

_____.

(3)

백화점에 가서 사고 싶은 것	

_____.

(4)

전화하고 싶은 사람	

_____.

韓檢閱讀題型分析二：圖片題

　　新韓國語文能力測驗初級（TOPIK I）閱讀部分的第三種題型為圖片閱讀題，即選擇與圖片內容不相符的選項。側重考查學習者對於圖片中關鍵訊息的把握能力，以及對錯誤訊息的鑑別能力。此類題型雖然只有三道小題，但分值卻占到閱讀總分的9%。三道小題根據圖片中訊息的形式和長度，又可細分為兩種具體類型。一類是閱讀單字、短語或短句等簡短訊息，另一類是閱讀對話或短文。下面我們透過模擬題對這類題型進行詳細的介紹。

一、題型3：選擇與圖片內容不相符的選項。

　　題數及分值：題號為【40～42】共三小題，每題三分，總計九分。

具體類型一：閱讀圖片中的單字、短語及短句。

　　難易度：★☆☆☆☆

열차 티켓
2025년 5월 16일 (수)
서울　　→　　부산
10:28　　　　13:13
3호 차 10A
요금: 59800원

① 서울에서 출발합니다.

② 오후에 부산에 도착합니다.

③ 자리는 사호 차에 있습니다.

④ 기차표 가격은 오만 구천팔백 원입니다.

模擬題解析

　　選項③的意思為「座位在四號車廂」，與圖片中給出的三號車廂不符。選項①為「從首爾出發」，選項②為「下午到達釜山」，選項④為「車票的價格是五萬九千八百韓元」，三個選項的內容均與圖片中所給訊息相符。故正確答案為③。

解題策略

解答此類題型的時候，可以按照先後順序，使用如下解題策略。

- 策略一：充分利用圖片中的非文字類訊息，預測圖片內容的大致主題。根據上述模擬題的圖案模樣，即使沒有閱讀文字，也可以得知即將閱讀的內容大概與票券有關。

- 策略二：閱讀圖片大標題的部分，再次確認圖片內容的主題。上述模擬題中的標題為「열차 티켓」，由此可知圖片是一張火車票。

- 策略三：先閱讀選項，再返回圖片，帶有目的地查找相關訊息。這樣可以節省時間，提高答題效率。例如上題中，閱讀完選項①，可以得知該選項的重點訊息在於出發地，這時再去圖片中尋找相關訊息即可。

具體類型二：閱讀圖片中的對話或短文。

難易度：★★☆☆☆

① 상우 씨는 지은 씨에게 메시지를 보냈습니다.
② 상우 씨는 이번 주말에 시간이 없습니다.
③ 지은 씨는 이번 주말에 출장을 갈 겁니다.
④ 지은 씨는 이번 주말에 상우 씨를 만날 수 없습니다.

模擬題解析

　　從圖片的設計可以看出，這是手機的聊天訊息。圖片中發送訊息的人物名字叫「상우（尚宇）」。他發送的訊息內容為「智恩，抱歉。我這週末要去出差，所以沒辦法見面了。我們可以下週六見嗎？」。由此可以判斷，要出差的人是尚宇，並不是智恩，所以答案為③。

解題策略

　　同為圖片閱讀題，在解答此類小題的時候，策略一同樣是需要注意圖片的設計以及圖中的非文字類訊息，來預測圖片內容的大致主題。與第一類小題不同的是，此類小題的文本為對話或短文，構成對話或短文的句子完整，且閱讀量相比前兩道小題更大。對此，策略二建議大家先快速通讀對話或短文，從整體上把握文本的大致內容。最後結合選項，再返回文本中尋找細節訊息。

二、模擬試題

[1〜3] 다음을 읽고 맞지 않는 것을 고르십시오.

1.

① 이승주 씨는 20대입니다.
② 하루에 약을 두 번 먹습니다.
③ 일주일 동안 약을 먹습니다.
④ 밥을 먹고 약을 먹습니다.

2.

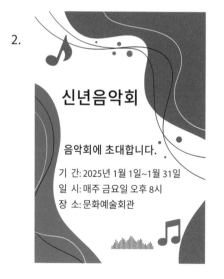

① 금요일마다 음악회가 있습니다.
② 문화예술회관에서 음악회를 합니다.
③ 이 음악회는 두 달 동안 합니다.
④ 이 음악회는 여덟 시부터 시작합니다.

3.

⬤ 지은   …

❤ ○ ◹   🔖

지은 친구들과 같이 등산하러 왔어요.
     설악산 단풍이 정말 아름다워요.

    ⊙ 예진 날씨가 좋아 보여요. 저도   ♡
          설악산에 가고 싶어요.

    ⊙ 지은 다음에 같이 와요.   ♡

① 지금 설악산은 날씨가 좋습니다.

② 지은 씨는 가족과 같이 등산했습니다.

③ 예진 씨는 설악산에 가고 싶습니다.

④ 지금은 단풍을 볼 수 있는 가을입니다.

小知識補充:為什麼韓國人的助詞好像總是愛加不加?

Q. 我們在學韓語時,老師總是再三強調韓語中的助詞非常重要,因為要有助詞,才能知道該單字是在句子中是主語還是目的語等等。但為什麼又很常看到韓國人在說話或打字時常常省略掉助詞呢?

A. 助詞在一些情況確實可以省略,甚至要省略,聽起來才更自然。不過當然也有絕對不能省略的情況,以下幫大家分類整理。

1. 不能省略的情況:作文、正式文書;當該助詞有「意思」時,例如「도也」、「(이)나 或」等,這種從中文的意思上來看,省略掉也很奇怪的助詞通常不會省略。

2. 可以省略的情況:在非正式的口語中,就算不加「이/가」或「을/를」等助詞,也可以透過上下文非常明確知道該名詞在句子中是主語還是目的語等,並且該詞也不是要被強調的對象,這時多數情況會省略助詞。

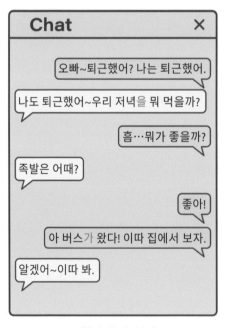

(沒有省略助詞)

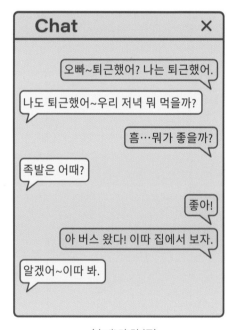

(有省略助詞)

3
WEEK
語尾

終結語尾① | -ㅂ/습니다, -아/어/여요

✎ 終結語尾

- 用來結束一個句子的語尾。　例）-ㅂ/습니다, -아/어/여요
- 根據韓文的四大句型，又分為四種終結語尾：陳述型終結語尾、疑問型終結語尾、勸誘型終結語尾、命令型終結語尾。

▶四大類句型的格式體敬語語尾：於正式場合使用

	陳述句	疑問句	勸誘句	命令句
無收尾音或收尾音為ㄹ的動詞/形容詞	-ㅂ니다	-ㅂ니까	-ㅂ시다 *不能對上位者使用	-십시오
有收尾音(ㄹ除外)的動詞/形容詞	-습니다	-습니까	-읍시다 *不能對上位者使用	-으십시오
名詞	-입니다	-입니까		

▶四大類句型的非格式體敬語語尾：於非正式場合使用

	陳述句	疑問句	勸誘句	命令句
動詞/形容詞	-아/어/여요	-아/어/여요	-아/어/여요	-아/어/여요 (非尊敬的命令) -(으)세요? (尊敬的命令，類似於中文的「請~」)
無收尾音的名詞	-예요	-예요		
有收尾音的名詞	-이에요	-이에요		

✏️ 句子補充：格式體敬語＆非格式體敬語

▶陳述句

1. （動詞、無收尾音）我早上喝很多水。

저는 아침에 물을 많이 마십니다. / 저는 아침에 물을 많이 마셔요.

2. （動詞、有收尾音）我只有睡覺的時候會穿睡衣。

저는 잘 때만 잠옷을 입습니다. / 저는 잘 때만 잠옷을 입어요.

3. （形容詞、無收尾音）房間非常乾淨。

방이 아주 깨끗합니다. / 방이 아주 깨끗해요.

4. （形容詞、有收尾音）今天胃口很好。

오늘 입맛이 좋습니다. / 오늘 입맛이 좋아요.

5. （名詞、無收尾音）我是負責人。

저는 책임자입니다. / 저는 책임자예요.

6. （名詞、有收尾音）我是工讀生。

저는 아르바이트생입니다. / 저는 아르바이트생이에요.

▶疑問句

1. （動詞、無收尾音）會議什麼時候結束？

회의가 언제 끝납니까? / 회의가 언제 끝나요?

2. （動詞、有收尾音）這個回答正確嗎？

이 답이 맞습니까? / 이 답이 맞아요?

3. （形容詞、無收尾音）這個包包貴嗎？

이 가방이 비쌉니까? / 이 가방이 비싸요?

4. （形容詞、有收尾音）你有證據嗎？

증거가 있습니까? / 증거가 있어요?

5. （名詞、無收尾音）你最喜歡的旅遊景點是哪裡？

가장 좋아하는 여행지가 어디입니까? / 가장 좋아하는 여행지가 어디예요?

6. （名詞、有收尾音）這本書的核心訊息是什麼？

이 책의 핵심 메시지는 무엇입니까? / 이 책의 핵심 메시지는 무엇이에요?

重點詞彙

쉬다 休息	가다 去	듣다 聽
집에서 쉽니다. 在家休息。	학교에 갑니다. 去學校。	수업을 듣습니다. 聽課。
씻다 洗	먹다 吃	마시다 喝
손을 씻습니다. 洗手。	점심을 먹습니다. 吃午餐。	커피를 마십니다. 喝咖啡。
읽다 讀	만나다 見面	찍다 拍
책을 읽습니다. 讀書。	친구를 만납니다. 見朋友。	사진을 찍습니다. 拍照。
부르다 唱	보다 看	자다 睡
노래를 부릅니다. 唱歌。	드라마를 봅니다. 看電視劇。	잠을 잡니다. 睡覺。
고르다 挑選	그리다 畫	빌리다 借
옷을 고릅니다. 挑選衣服。	그림을 그립니다. 畫圖。	책을 빌립니다. 借書。
깎다 削	바꾸다 換	닦다 擦
과일을 깎습니다. 削水果。	계획을 바꿉니다. 更換計劃。	창문을 닦습니다. 擦窗戶。
싸우다 吵架	고치다 修理	뽑다 拔
아내와 싸웁니다. 和老婆吵架。	컴퓨터를 고칩니다. 修電腦。	이를 뽑습니다. 拔牙。

✏ 實戰應用

1. 請使用所給單字，並選擇合適的終結語尾完成下列句子。

-ㅂ니다/습니다   -ㅂ니까/습니까   -십시오/으십시오   -ㅂ시다/읍시다

(1) 가: 회사에 걸어서 갑니까?

　　나: 아니요, 거리가 좀 멀어서 보통 지하철을 ＿＿＿＿＿＿＿＿＿＿ (타다).

(2) 가: 저녁에 같이 만두를 ＿＿＿＿＿＿＿＿＿＿ (만들다).

　　나: 네, 좋습니다.

(3) 가: 커피를 ＿＿＿＿＿＿＿＿＿＿ (좋아하다)?

　　나: 네, 하루에 세 잔 정도를 마십니다.

(4) 가: 불고기도 먹고 싶고 냉면도 먹고 싶습니다.

　　나: 그럼 우리 불고기와 냉면을 모두 ＿＿＿＿＿＿＿＿＿＿ (시키다).

(5) (박물관 표지판)

　　박물관에서 사진을 찍지 ＿＿＿＿＿＿＿＿＿＿ (말다).

2. 請仿照例子，使用非格式體敬語語尾改寫下列句子。

<보기> 저녁에 책을 읽습니다.

저녁에 책을 읽어요.

(1) 한국에 언제 갑니까?

＿＿＿＿＿＿＿＿＿＿＿＿＿＿＿＿＿＿＿＿＿＿＿＿＿＿＿＿＿＿

(2) 여기에 이름과 주소를 쓰십시오.

＿＿＿＿＿＿＿＿＿＿＿＿＿＿＿＿＿＿＿＿＿＿＿＿＿＿＿＿＿＿

(3) 주말에 같이 영화를 봅시다.

＿＿＿＿＿＿＿＿＿＿＿＿＿＿＿＿＿＿＿＿＿＿＿＿＿＿＿＿＿＿

(4) 언니는 한국 노래를 매일 듣습니다.

_____

(5) 영화관 앞에서 친구를 기다립니다.

_____

3. 請判斷劃線部分的動詞是否使用正確，正確畫「√」，錯誤畫「×」並進行修改。

태훈 씨는 보통 아침 7시에 <보기>일어나요. 8시까지 운동을 하고 집에서 아침을 ①마셔
요. 8시 30분쯤에 버스를 타고 학교에 ②가아요. 한국어 수업은 9시부터 오후 1시까지예요.
수업이 끝나고 친구들과 같이 동아리방에서 배달 음식을 시켜요. 오후에 다른 수업이 없으면
한국 친구를 만나거나 도서관에서 소설을 ③불러요. 5시쯤 되면 마트에 가서 고기와 야채를
④사요. 저녁에 집에서 직접 요리를 만들어요. 밥을 먹고 좋아하는 영화를 ⑤씻어요. 보통 10
시 반에 샤워하고 잠을 자요.

序號	√ / ×	修改內容
<보기> 일어나요	√	
① 마셔요		
② 가아요		
③ 불러요		
④ 사요		
⑤ 씻어요		

終結語尾② | 意向 / 意志
-ㄹ/을래요, -ㄹ/을까요, -ㄹ/을게요

✏ 終結語尾

- 用來結束一個句子的語尾。

-ㄹ/을래요

1. 前面主要接動詞。

2. 詞幹末音節有收尾音的動詞＋-을래요；沒有收尾音的動詞＋-ㄹ래요。

3. 問對方的意向：你要不要……？ → 問句，主語通常是第二人稱。

例）같이 떡볶이를 시킬래요? 你要不要一起點辣炒年糕？

4. 表達自己的意志：我要/不要……。 → 陳述句，主語通常是第一人稱。

例）제 흰머리를 안 뽑을래요. 我不要拔我的白頭髮。

-ㄹ/을까요

1. 前面主要接動詞。

2. 詞幹末音節有收尾音的動詞＋-을까요；沒有收尾音的動詞＋-ㄹ까요。

3. 向對方提議一起做某事：要不要一起……？ → 問句，主語通常是第一人稱「我們」。

例）우리 바람을 쐬러 갈까요? （我們）要不要一起去透透氣？

4. 向對方詢問需不需要我做什麼行動：需不需要/要不要我……？ → 問句，主語通常是第一人稱「我」。

例）도와드릴까요? 需要幫忙嗎？（需要我幫您嗎？）

-ㄹ/을게요

1. 前面主要接動詞。

2. 詞幹末音節有收尾音的動詞＋-을게요；沒有收尾音的動詞＋-ㄹ게요。

3. 表達自己的意志：我來/我要/我會/我……。 → 陳述句，主語通常是第一人稱。

例）A：저 화장실에 좀 갔다 올게요. 我去一下廁所。
　　B：네, 갔다 오세요. 제가 여기에 있을게요.
　　　　好，你去吧！我在這裡等你。（我會待在這裡）。

4. 可能常常會聽到韓國店員對客人使用 -ㄹ/을게요，雖然這個用法目前在語法上是錯誤的，但在日常生活中已被廣泛使用。

例）請坐這裡。
　　여기 앉으실게요.（×，但很常使用）
　　여기 앉으세요.（○）

▶有關「意志」的用法比較

	-ㄹ/을래요	-ㄹ/을까요	-ㄹ/을게요
前方可接的詞性	動詞	動詞	動詞
詢問對方意志（即可用於問句）	○ 主語為第二人稱 著重於問： 「你要不要……？」 ※也可以用「우리（我們）」當主語，但著重的仍然是對方的意願。	○ 主語為第一人稱 著重於問： 「我們要不要……？」 或是 「要不要我……？」	×
表達自己意志	○ 語感較堅定、強烈。 例）저 이거 먹을래요. 　　我要吃這個。	×	○ 語感較委婉。 例）저 이거 먹을게요. 　　那我吃這個吧。
注意事項	如對在上位者使用會有不尊敬之感。 例）對上司說：「要不要去吃午餐？」 점심을 먹으러 가실래요? >> 점심 식사를 하러 가실까요?（更適合）		在正式場合時，更適合用「-겠습니다」。 例）我來做。 제가 할게요. >> 제가 하겠습니다. （更適合）
除了意志以外的其他用法		1.向對方詢問推測 例）예진 씨가 이 선물을 좋아할까요? 　　藝珍會不會喜歡這個禮物呢？ ※此時主語為第三人稱 ※前面也可接形容詞 2.自言自語 例）내가 잘할 수 있을까… 　　我能做好嗎……	

✏ 重點詞彙

1. 水果

감 柿子

배 梨

귤 橘子

사과 蘋果

딸기 草莓

포도 葡萄

수박 西瓜

바나나 香蕉

오렌지 柳橙

2. 常見的飲料

물 水

우유 牛奶

주스 果汁

차 茶

커피 咖啡

술 酒

딸기 우유를 마실래요? 아니면 바나나 우유를 마실래요?
你要喝草莓牛奶嗎？
還是喝香蕉牛奶？

저는 바나나 우유를 마실게요.
我要喝香蕉牛奶。

實戰應用

1. 請選擇正確的語法項目完成句子。

- ㄹ/을래요   - ㄹ/을까요   - ㄹ/을게요

(1) 선생님: 누가 문을 좀 닫아 주세요.

　　학생: 제가 ＿＿＿＿＿＿＿＿＿＿＿ (닫다).

(2) 상사: 커피를 ＿＿＿＿＿＿＿＿＿＿＿ (마시다)?

　　직원: 좋습니다.

(3) 엄마: 마트에 같이 가고 싶어요?

　　아이: 네, ＿＿＿＿＿＿＿＿＿＿＿ (가다).

2. 請選擇合適的答句。

(1) 가: 저녁에 볶음밥을 만들까요?

　　나: ＿＿＿＿＿＿＿＿＿＿＿

① 네, 식당에 갈래요.
② 네, 같이 만듭시다.
③ 아니요, 맵지 않아요.
④ 아니요, 먹고 싶어요.

(2) 가: 태훈 씨의 주소를 알려 주세요.

　　나: ＿＿＿＿＿＿＿＿＿＿＿

① 네, 제가 문자로 보내 드릴게요.
② 네, 저도 잘 모르겠어요.
③ 네, 며칠 전에 출장을 갔어요.
④ 네, 서울에서 오래 살았어요.

(3) 가: 부산에 가고 싶어요? 아니면 제
　　주도에 가고 싶어요?

　　나: ＿＿＿＿＿＿＿＿＿＿＿

① 저는 부산에서 출발해요.
② 저는 친구와 같이 갔어요.
③ 저는 지금 한국에 있어요.
④ 저는 제주도에 갈래요.

3. 請選擇合適的句子，將代號填入（　　）中，完成對話。

> ㄱ. 저는 여행 계획을 짤래요.
>
> ㄴ. 저는 주스를 마실게요.
>
> ㄷ. 영화 보러 갈래요?
>
> ㄹ. 저녁에 전화할게요.
>
> ㅁ. 그럼 카페에 갈까요?
>
> ㅂ. 두 시에 갑시다.

지민: 오후에 뭘 할까요?

태훈: (1) (　　　　　)

지민: 주말이라 영화관에 사람이 많을 것 같아요.

태훈: (2) (　　　　　)

지민: 좋아요.

태훈: 저는 카페에서 책을 읽고 싶어요. 지민 씨는요?

지민: (3) (　　　　　)

태훈: 언제 갈까요?

지민: (4) (　　　　　)

(카페에서)

태훈: 커피를 마실래요? 아니면 주스를 마실래요?

지민: (5) (　　　　　)

連結語尾 ① | 原因 -아/어/여서, -(으)니까 ; 前後順序 -아/어/여서, -고 ; 並列 -고

🖊 連結語尾

- **用來連接兩個子句的語尾。**

    例）배가 고파요. 두유를 마셨어요. 肚子餓。喝了豆漿。
        →用連結語尾-아/어/여서連接：배가 고파서 두유를 마셨어요.
                                    因為肚子餓，所以喝了豆漿。

🖊 表示原因的連結語尾

-아/어/여서

1. 前子句是後子句的原因：因為……，所以……。

2. 詞幹末音節的母音為ㅏ/ㅗ → -아서

    例）물어보다 問 + -아서 = 물어봐서

    詞幹末音節的母音為ㅏ/ㅗ以外的母音→ -어서

    例）늘다 增長 + -어서 = 늘어서

    詞幹末音節為하 → -여서

    例）복잡하다 複雜的 + -여서 = 복잡해서

3. 前面可接動詞/形容詞。

    例）일을 많이 해서 피곤해요. 因為做了很多事，所以很累。
        날씨가 안 좋아서 우울해요. 因為天氣不好，所以很憂鬱。

-(으)니까

1. 前子句是後子句的根據/理由：就是/正是因為……（前子句），所以……（後子句）。

2. 詞幹末音節有收尾音 → -으니까

例）같다 一樣的 ＋ -으니까 ＝ 같으니까

詞幹末音節無收尾音→ -니까

例）예쁘다 漂亮的 ＋ -니까 ＝ 예쁘니까

3. 前面可接動詞/形容詞。

例）밖에 눈이 오니까 운전을 조심하세요. 外面在下雪，開車要小心。
성격이 좋으니까 친구를 많이 사귈 수 있을 거예요.
你性格那麼好，一定可以交到很多朋友的。

表示原因 -아/어/여서 vs -(으)니까

	-아/어/여서	-(으)니까
語感差異	單純表達客觀因果關係。 例）아침에 늦게 일어나서 지각했어요. 因為早上太晚起床所以遲到了。	前子句通常是接一個話者覺得對方也知道的「理所當然的理由」，並以此作為後子句的根據。 例）아침에 늦게 일어났으니까 지각했어요. 上述語感類似：就說因為我太晚起床所以遲到了，不然你想怎樣。
前面能否接先語末語尾	不行 例）노력했어서 후회하지 않아요.(✕) 因為努力過了所以不後悔。	可以 例）노력했으니까 후회하지 않아요.(○) 因為努力過了所以不後悔。
終結語尾的限制	不能使用勸誘及命令型語尾 例）비가 그쳐서 밖에 나가자. (✕) （因為）雨停了，我們出去玩吧！	沒有限制 例）비가 그쳤으니까 밖에 나가자. (○) （因為）雨停了，我們出去玩吧！

✏ 表示動作前後順序的連結語尾

-아/어/여서, -고

1. 先做前子句的動作，再做後子句的動作：先⋯⋯，然後再⋯⋯。

2. 前面都接動詞。

例）꽃을 사서 여자 친구를 만났어요. 買了花後去見了女朋友。
　　밤에 항상 양치질을 하고 자요. 我晚上都會先刷牙再睡覺。

表示動作先後順序 -아/어/여서 vs -고

-아/어/여서	-고
先後動作的關聯性較高 例）친구를 만나서 영화를 봤어요. 　　見了朋友，然後一起看了電影。	先後動作的關聯性較低 例）친구를 만나고 영화를 봤어요. 　　見了朋友，然後看了電影。 （不確定是不是和朋友一起看的）

✎ 表示並列/羅列的連結語尾

-고

1. 羅列兩個以上的動作或狀態，並且無先後順序之分。

例）주말에 일도 하고 친구도 만났어요. 我週末工作，還見了朋友。
　　제 남편은 자상하고 세심해요. 我老公又體貼，又細心。

-고的兩種用法比較

-고	
動作前後順序	並列/羅列
1.「-고」前後子句的順序不能對調 例）밥을 먹고 양치질을 했어요. 　　先吃飯，後刷牙。 　　양치질을 하고 밥을 먹었어요. 　　先刷牙，後吃飯。 　　※對調後意思會改變	1.「-고」前後子句的順序可以對調 例）이 집은 싸고 맛있어요. 　　這家便宜又好吃。 　　이 집은 맛있고 싸요. 　　這家好吃又便宜。 　　※對調後意思不變
2.「-고」前不能加過去式 例）영화를 봤고 카페에 갔어요.(×) 　　看了電影，然後去了咖啡廳。 　　※因事件的前後順序已固定，故 　　前面不需再另外加一個時態。	2.「-고」前可以加過去式 例）영화도 봤고 카페도 갔어요.(○) 　　看了電影，也去了咖啡廳。 　　※此處羅列了過去發生的兩個事件， 　　但無法知道是哪一事件先發生。

重點詞彙

높다 高
산이 높다
山高

낮다 低
산이 낮다
山低

많다 多
돈이 많다
錢多

적다 少
돈이 적다
錢少

쉽다 簡單
문제가 쉽다
問題簡單

어렵다 難
문제가 어렵다
問題難

좋다 好
날씨가 좋다
天氣好

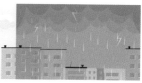
나쁘다 壞 ; 不好
날씨가 나쁘다
天氣不好

넓다 寬
길이 넓다
路寬

좁다 窄
길이 좁다
路窄

가깝다 近
거리가 가깝다
距離近

멀다 遠
거리가 멀다
距離遠

싸다 便宜
가격이 싸다
價格便宜

비싸다 貴
가격이 비싸다
價格貴

맛있다 好吃
음식이 맛있다
食物好吃

맛없다 難吃
음식이 맛없다
食物難吃

점심은 보통 어디에서 먹습니까?
午餐通常在哪吃？

학생 식당이 가까워서 거기에서 자주 먹습니다.
學生餐廳很近，
所以經常在那裡吃。

학생 식당이 어떻습니까?
學生餐廳怎麼樣？

가격이 싸고 음식도 맛있습니다.
價格便宜，食物也好吃。

✏ **實戰應用**

1. 請選擇正確的答案。

(1) 가: 숙제 다 했어요?
　　나: 아니요. 오늘 숙제가 너무 (　　) 어려워요.

　　① 많고　　　　　② 많으면　　　　③ 많아야　　　④ 많지만

(2) 가: 어제 왜 안 왔어요?
　　나: 머리가 아프고 열도 (　　) 병원에 갔어요.

　　① 나고　　　　　② 나서　　　　　③ 나면　　　　④ 나도

(3) 가: 이제 저는 가 보겠습니다.
　　나: 지금 밖에 비가 (　　) 조금 이따 가세요.

　　① 오고　　　　　② 와서　　　　　③ 오니까　　　④ 오지만

2. 請找出有語病的選項。

(1) ① 어제 백화점에 가서 가방을 샀어요?
　　② 이번 주말에 영화관에 갈 거예요?
　　③ 우리 내일 시험이 있어서 영화를 다음에 볼까요?
　　④ 더우니까 아이스크림을 먹을까요?

(2) ① 피곤해서 집에서 쉬었어요.
　　② 맛이 없어서 한 입만 먹었어요.
　　③ 회사가 멀어서 지하철을 타고 가요.
　　④ 저녁에는 바쁘어서 만날 수 없습니다.

3. 請根據圖片內容，使用合適的表達完成句子。

(1)

아침에 _____ 양치를 해요.

(2)

저는 _____ 누나는 부산에서 살아요.

(3)

주말에는 _____ 지하철을 타세요.

(4)

저는 _____ 오빠는 의사입니다.

連結語尾② | 轉折/對比 -는데, -지만；背景 -는데；假設 -(으)면；目的/意圖 -(으)려고, -(으)러

✏️ 表示轉折/對比的連結語尾

V -는데, A-ㄴ/은데

1. 表示「雖然……，但……」。

2. 前面可接動詞/形容詞：V -는데, A-ㄴ/은데。

> 例）저는 외출할 때마다 전원을 끄는데 언니는 안 꺼요.
> 我每天外出時都會關電源，但姐姐不會。
> 여기는 평소에 꽤 조용한데 오늘은 좀 시끄럽네요.
> 這裡平常很安靜的，但今天有點吵呢。

3. 當前面接了過去式，不管是動詞或是形容詞，一律接：-았/었/였는데

> 例）아침에는 머리가 조금 아팠는데 지금은 괜찮아요. 早上頭有點痛，但現在沒事了。

-지만

1. 表示「雖然……，但……」。

2. 前面可接動詞/形容詞，皆在詞幹後接-지만即可。

> 例）어제 일찍 잤지만 여전히 피곤해요. 雖然我昨天很早就睡了，但依然很累。
> 이 사과는 크지만 안 달아요. 這顆蘋果雖然很大，但是不甜。

-는데/-지만 比較

-는데	-지만
對比語感較弱，再加上還有其他意思，因此使用範圍較廣	對比語感較強

✏ 表示背景的連結語尾

V-는데, A-ㄴ/은데

1. 表示背景、前提，帶出想表達的事情。

2. 前面可接動詞/形容詞：V-는데, A-ㄴ/은데

例）저 커피를 사러 가려고 하는데 같이 갈래요? 我要去買咖啡，要一起去嗎？
옷이 좀 낡았는데 새로 살까요? 衣服好像有點舊了……要不要買新的？

3. 當前面接了過去式，不管是動詞或是形容詞，一律接：-았/었/였는데

例）아침에 회사에 갔는데 아무도 없었어요. 早上去了公司，發現沒有半個人。

✏ 表示假設的連結語尾

-(으)면

1. 表示「如果/只要…的話」。

2. 詞幹末音節有收尾音 → -으면　例）볶다 炒 ＋ -으면 ＝ 볶으면

詞幹末音節無收尾音 → -면　　例）편하다 舒適 ＋ -면 ＝ 편하면

3. 前面可接動詞/形容詞。

例）옷이 젖으면 추워요. 衣服濕掉的話會很冷。
시간이 괜찮으면 한번 볼까요? 如果你時間可以的話要不要見一下？

✏ 表示目的/意圖的連結語尾

-(으)려고

1. 表示目的、打算。

2. 詞幹末音節有收尾音 → -으려고 例）덮다 蓋上 + -으려고 = 덮으려고
詞幹末音節無收尾音 → -려고 例）기르다 培養 + -려고 = 기르려고

3. 前面主要接動詞。

例）살을 빼려고 열심히 운동했어요. 為了減肥，很認真地運動。

-(으)러

1. 表示「為了…，而去/來/往返…」。

2. 詞幹末音節有收尾音 → -으러 例）잡다 抓 + -으러 = 잡으러
詞幹末音節無收尾音 → -러 例）전하다 轉達、傳遞 + -러 = 전하러

3. 前面主要接動詞。

例）오빠가 콘서트를 보러 한국에 갔어요. 哥哥去韓國看演唱會了。

-(으)려고/-(으)러 比較

-(으)려고	-(으)러
前面接目的、打算	
前面可以接移動動詞，如가다、오다、다니다。 例）좋은 대학교에 가려고 열심히 공부했어요. (○) 為了進好大學，很認真讀書。	前面不能接移動動詞。 例）저는 좋은 대학교에 가러 열심히 공부했어요. (✕)
後面可以接的動詞沒有限制。 例）아이돌을 보려고 많이 기다렸어요. (○) 為了見到偶像，等了很久。	後面只能接移動動詞，如가다、오다、다니다。 例）아이돌을 보러 많이 기다렸어요. (✕)

重點詞彙

얇다 薄
책이 얇다
書薄

두껍다 厚
책이 두껍다
書厚

가볍다 輕
가방이 가볍다
包包輕

무겁다 重
가방이 무겁다
包包重

이르다 早
시간이 이르다
時間早

늦다 晩
시간이 늦다
時間晩

빠르다 快
속도가 빠르다
速度快

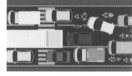
느리다 慢
속도가 느리다
速度慢

바쁘다 忙碌
바쁜 일상
忙碌的日常生活

한가하다 悠閒
한가한 일상
悠閒的日常生活

깨끗하다 乾淨
방이 깨끗하다
房間乾淨

더럽다 髒
방이 더럽다
房間髒

조용하다 安靜
교실이 조용하다
教室安靜

시끄럽다 吵鬧、吵雜
교실이 시끄럽다
教室吵雜

재미있다 有趣
영화가 재미있다
電影有趣

재미없다 無趣、無聊
영화가 재미없다
電影無聊

✏ 實戰應用

1. 請選擇正確的答案。

(1)　가: 지금 어디에 가요?
　　　나: (　　) 공원에 가요.

　　　① 산책하러　　　② 산책해서　　　③ 산책하니까　　　④ 산책하지만

(2)　가: 한국어 사전이 있어요?
　　　나: 아니요, 영어 사전은 (　　) 한국어 사전은 없어요.

　　　① 있는　　　　　② 있어서　　　　③ 있지만　　　　④ 있으면

(3)　가: 지금 마트에 (　　) 무엇을 사 올까요?
　　　나: 과일하고 고기를 사 오세요.

　　　① 가니까　　　　② 가지만　　　　③ 가려고　　　　④ 가는데

2. 請根據圖片內容，使用合適的表達完成句子。

(1)

_____ 비행기표를 예매했어요.

(2)

저녁에 _____ 갑시다.

(3)

_____ 벌써 줄을 서는 사람이 많아요.

(4)

_____ 공부에 집중할 수 없어요.

3. 請閱讀短文，並回答下列問題。

(㉠)이 중요할까요? 복습이 중요할까요? 복습도 (㉡) 수업 전에 준비하는 것이 더
중요합니다. 무엇을 공부할지 미리 (㉢ 알다) 선생님의 말씀을 좀 더 쉽게 이해할 수 있
습니다.

(1) 請選擇適合填入㉠的選項。(   )

　　① 연습　　② 학습　　③ 모습　　④ 예습

(2) 請選擇適合填入㉡的選項。(   )

(3) 請將㉢的動詞改為合適的形式。(   )

先語末語尾 | 時態 -았/었/였-, -겠- ; 尊敬 -(으)시- ; 意志 -겠-

先語末語尾

- 在多個語尾的連用、活用中,並不會接在最後面的語尾,即前後一定會再接其他的單字/語尾,例如表時態的-았/었/였-、表尊敬的-(으)시-。

※ 與之相反的是語末語尾,語末語尾包含了終結語尾、連結語尾等。

-았/었/였-

1. 詞幹末音節的母音為ㅏ/ㅗ → -았-　例)졸다 打瞌睡 ＋ -았- = 졸았-

   詞幹末音節的母音為ㅏ/ㅗ以外的母音→ -었-　例)틀다 打開 ＋ -었- = 틀었-

   詞幹末音節為하 → -였-　例)튼튼하다 堅固的 ＋ -였- = 튼튼했-

2. 表示過去式時態。

   例)어제 병원에서 피를 뽑았어요. 昨天在醫院抽了血。

-겠-

1. 無論語幹的母音為何 → -겠-。

2. 三個意思

   - 表示未來式時態:前面可接動詞/形容詞。
     例)잠시 후 시상식이 있겠습니다. 頒獎典禮即將開始。

   - 表示推測:前面可接動詞/形容詞。
     例)정말 재미있겠어요! 感覺一定會很有趣!

   - 表示話者自己的意志:前面主要接動詞。
     例)발표는 제가 하겠습니다. 我來負責發表。

-(으)시-

1. 詞幹末音節有收尾音 → -으시- 例）찾다 找 ＋ -으시- ＝ 찾으시-

詞幹末音節無收尾音→ -시- 例）크다 大 ＋ -시- ＝ 크시-

2. 表示對主語的尊敬（在描述主語的動詞/形容詞/名詞＋이다後面加-(으)시-）。

例）어머님의 얼굴이 정말 작으시네요! 伯母的臉真的很小耶！

※ -(으)시-：尊敬的是句子的主語；-아/어/여요, -ㅂ/습니다：尊敬的是聽者

✏ 先語末語尾的結合順序 & 慣用句

1. 先-(으)시-，再加過去式 → -(으)시-只能與-었-結合，變成-셨-

- 할아버지께서는 예전에 글씨를 예쁘게 쓰셨어요. 爺爺以前寫字很漂亮。
- 부장님께서는 저에게 이 소식을 전달하셨어요. 部長向我傳達這個消息了。

2. 先-(으)시-，再-겠- → -(으)시겠-

(1) 一定很⋯⋯吧。
- 좋은 회사에 취직해서 좋으시겠어요! 您一定很開心進到好公司吧！
- 결혼 준비 시작하면 바쁘시겠네요. 等開始準備婚禮的話一定會很忙吧。

(2) 可以請您⋯⋯嗎？
- 여기에 성함을 써 주시겠어요? 可以在這邊寫下您的大名嗎？
- 먼저 하시겠어요? 您要先來嗎？

3. 先-(으)시-，再-었-，最後才加-겠- → -(으)셨겠-：（過去）一定很⋯⋯吧。

- A：어제 계단이 미끄러워서 넘어졌어요. 我昨天因為樓梯很滑所以跌了一跤。
  B：정말 아프셨겠어요. 當時一定很痛吧。
- A：지난달에 회사에 큰 프로젝트가 있었는데 책임자가 저 혼자였어요.
  上個月我們公司有一個很大的案子，但負責人只有我一個。
  B：고생을 많이 하셨겠어요. 當時一定很辛苦吧。

重點詞彙

열다 開
문을 열다 開門

닫다 關
문을 닫다 關門

켜다 開
핸드폰을 켜다 開機

끄다 關
핸드폰을 끄다 關機

웃다 笑
아이가 웃다
孩子笑

울다 哭
아이가 울다
孩子哭

서다 站
똑바로 서다
站好、站直

앉다 坐
의자에 앉다
坐在椅子上

늘다 增加
손님이 늘다
客人增加

줄다 減少
손님이 줄다
客人減少

지다 輸
경기에서 지다
輸了比賽

이기다 贏
경기에서 이기다
贏了比賽

걷다 走
천천히 걷다 慢慢走

뛰다 跑
빨리 뛰다 快快跑

부르다 唱
노래를 부르다 唱歌

추다 跳（舞）
춤을 추다 跳舞

얻다 得到
상금을 얻다
得到獎金

잃다 失去
돈을 잃다
賠錢、輸錢

사귀다 結交
친구를 사귀다
交朋友

헤어지다 分開
친구와 헤어지다
和朋友分開

✏ 實戰應用

1. 請選擇正確的答案。

(1) 어제 여자 친구와 (　　) .

　　① 헤어져요　　　② 헤어졌어요　　　③ 헤어지겠어요　　④ 헤어지려고 해요

(2) 가: 저녁 먹었어요?
　　나: 아니요, 조금 이따 (　　) .

　　① 먹었어요　　　② 먹어 봤어요　　③ 먹지 않아요　　④ 먹을 거예요

(3) 가: 할아버지께서는 지금 댁에 계세요?
　　나: 지금 안 계세요. 한 시간 전에 시장에 (　　) .

　　① 가요　　　　② 갔어요　　　③ 가셨어요　　　④ 가겠어요

2. 請找出有語病的選項，並進行修改。

① 저는 부산에 한 번 가 봤습니다. ② 여름 방학 때 가족과 함께 갔습니다. ③ 우리는 부산에서 바다도 보고 맛있는 생선 요리도 많이 먹습니다. ④ 내년 여름에도 부산에 다시 갈 겁니다.

語病項	修改內容

3. 請選擇合適的動詞，並使用正確的形式完成句子。

줄다　　울다　　닫다　　사귀다　　이기다　　주문하다

(1) 방금 할머니께서는 창문을 _____.

(2) 지난번 경기에서는 제가 졌지만 이번에는 꼭 _____.

(3) 그는 유학 생활을 통해 세계의 많은 친구를 _____.

(4) 서울 식당입니다. 뭘 _____?

(5) 누나가 그동안 열심히 운동을 해서 몸무게가 많이 _____.

冠形詞形語尾 | -(으)ㄴ, -는, -(으)ㄹ

✏ 冠形詞形語尾

1. 接在動詞/形容詞/이다後面，使其具有修飾功能。

例）-는, -(으)ㄴ, -(으)ㄹ, -던

例）我昨天去的咖啡廳很不錯。

- 어제 가다 카페가 좋아요.（動詞原型→✕）
- 어제 가 카페가 좋아요.（去掉-다→✕）
- 어제 간 카페가 좋아요.（去掉-다＋冠形詞形語尾→○）

▶動詞＋冠形詞形語尾

現在式：動詞詞幹＋-는

1. 變化方法：싸우다 吵架 → 去掉-다 ＋ 現在式動詞冠形詞形語尾-는 → 싸우는 → 放到句子中，修飾後面的名詞

例）싸우는 것을 싫어해요. 我很討厭吵架（這件事）。（것在此處指「…這件事」）
　　싸우는 이유가 뭐예요? 吵架的理由是什麼呢？

過去式：動詞詞幹＋-(으)ㄴ

1. 詞幹末音節有收尾音 → -은 例）씻다 洗 ＋ -은 = 씻은

詞幹末音節無收尾音 → -ㄴ 例）배우다 學習 ＋ -ㄴ = 배운

2. 變化方法：쓰다 寫 → 去掉-다 ＋ 過去式動詞冠形詞形語尾-ㄴ → 쓴 → 放到句子中，修飾後面的名詞

例）이것은 제가 쓴 글이에요. 這是我寫的文章。
　　여기에 글씨를 쓴 사람이 누구예요? 是誰在這邊寫字？

未來式：動詞詞幹＋-(으)ㄹ

1. 詞幹末音節有收尾音 → -을　例）읽다 讀 ＋ -을 ＝ 읽을

　　詞幹末音節無收尾音 → -ㄹ　例）지내다 度過 ＋ -ㄹ ＝ 지낼

2. 變化方法：일어나다 發生；起來 → **去掉-다 ＋ 未來式動詞冠形詞形語尾-ㄹ →** 일어날 → **放到句子中，修飾後面的名詞**

　　例）일어날 일을 지나치게 걱정하지 않아도 돼요. 還沒發生的事不用過度擔心。
　　　　이런 사건이 일어날 가능성이 있을까요? 這樣的事件有可能發生嗎？

▶形容詞＋冠形詞形語尾

現在式：形容詞幹＋-(으)ㄴ

1. 詞幹末音節有收尾音 → -은　例）괜찮다 沒關係 ＋ -은 ＝ 괜찮은

　　詞幹末音節無收尾音 → -ㄴ　例）기쁘다 開心 ＋ -ㄴ ＝ 기쁜

2. 變化方法：아프다 痛的；不舒服的 → **去掉-다 ＋ 現在式形容詞冠形詞形語尾-ㄴ** → 아픈 → **放到句子中，修飾後面的名詞**

　　例）허리가 아픈 원인을 모르겠어요. 真的不知道腰痛的原因。
　　　　원래 이유가 없이 아픈 경우가 있어요. 本來就有沒來由突然很痛的情況。

▶名詞＋이다＋冠形詞形語尾

現在式：名詞＋인

　　例）제가 가장 좋아하는 공간인 우리 집 거실을 소개하겠습니다.
　　　　我要來介紹我最喜歡的空間 —— 我們家客廳。
　　　　한국의 대도시 중의 하나인 부산은 제 고향이에요.
　　　　我的家鄉是韓國的大都市之一，也就是釜山。

🖊 重點詞彙

1. 顏色

빨간색	파란색	노란색	초록색	하얀색	회색	검은색
紅色	藍色	黃色	綠色	白色	灰色	黑色

2. 服飾

上衣類		下身類		鞋類		配件類	
셔츠	襯衫	팬티	內褲	신발	鞋子	안경	眼鏡
티셔츠	T恤	바지	褲子	운동화	運動鞋	모자	帽子
스웨터	毛衣	반바지	短褲	구두	皮鞋	가방	包包
코트	大衣	청바지	牛仔褲	샌들	涼鞋	양말	襪子
블라우스	雪紡衫	치마	裙子	슬리퍼	拖鞋	장갑	手套

3. 穿戴相關動詞

입다	쓰다	신다
穿（衣服、褲子等）	戴（眼鏡、帽子等）	穿（鞋襪等）

例） 파란색 티셔츠를 입은 남자/파란 티셔츠를 입은 남자 穿藍色T恤衫的男生

빨간색 모자를 쓴 여자/빨간 모자를 쓴 여자 戴紅色帽子的女生

하얀색 운동화를 신은 학생/하얀 운동화를 신은 학생 穿白色運動鞋的學生

✏ 實戰應用

1. 請選擇與圖片相符的選項。

(1)

① 빨간 모자를 쓴 남학생
② 하얀 신발을 신은 남학생
③ 파란 반바지를 입은 남학생
④ 노란 스웨터를 입은 남학생

2. 請找出有語病的選項。

(1)　① 무거운 가방은 저에게 주세요.
　　② 지금 소파에서 자는 사람이 형이에요.
　　③ 어제 냉장고에 있는 우유를 마셨어요.
　　④ 내일 할 일이 너무 많아서 못 만나요.

(2)　① 노란 모자를 쓴 사람이 누나예요.
　　② 검은색 양말을 신은 사람이 제 친구예요.
　　③ 하얀 티셔츠를 입은 사람이 제 남편이예요.
　　④ 회색 운동화를 입은 사람이 제 동생이에요.

3. 請選擇合適的單字，並使用正確的形式填空。

들다	많다	맵다	드리다	따뜻하다	재미있다	행복하다

　　어제 친구와 약속이 있어서 아침에 일찍 일어났어요. 우리는 10시에 영화관 앞에서 만나서 ①_____영화를 같이 봤어요. 영화가 끝나고 배가 고파서 근처에 있는 한식집에 갔어요. 저는 ②_____음식을 좋아해서 김치찌개를 먹었어요. 친구는 삼계탕을 먹었어요. 밥을 먹고 우리는 인기가 ③_____카페에 가서 ④_____커피를 마셨어요. 저녁에 우리는 백화점에서 쇼핑을 했어요. 저는 부모님께 ⑤_____크리스마스 선물을 샀어요. 친구는 마음에 ⑥_____구두를 샀어요. 날씨가 추웠지만 정말 즐겁고 ⑦_____하루를 보냈어요.

韓檢閱讀題型分析三：「三句一問」題

　　新韓國語文能力測驗初級（TOPIK I）閱讀部分的43到48六道小題為「三句一問」題，即所需閱讀的文本通常由三個句子構成，文本後設有一個問題。根據問題的要求，六道小題具體又分為兩種題型：一類是閱讀文本後，選擇與文本內容相符的選項，考查學習者對於文本細節的掌握。第二類是閱讀文本後，選擇文本所表達的核心內容，考查學習者對文本整體的理解。下面將配合模擬題對這兩種題型進行詳細的介紹。

一、題型4：選擇與短文內容相符的選項。

　　題數及分值：題號為【43～45】共三小題，總計八分。其中兩小題為三分，一小題為兩分。

　　難易度：★★☆☆☆

> 오늘은 여자 친구와 약속이 있었습니다. 그런데 길이 막혀서 약속 장소에 늦게 도착했습니다. 여자 친구는 화가 많이 났습니다.

① 저는 여자 친구를 못 만났습니다.
② 저는 약속 시간에 늦었습니다.
③ 저는 약속 장소를 몰랐습니다.
④ 저는 여자 친구를 많이 기다렸습니다.

模擬題解析

　　文本的中文意思如下：

> 　　我和女朋友約好了今天見面。但因為路上塞車，我晚到了約定的地點。女朋友很生氣。

　　選項①的意思為「我和女朋友沒能見面」，但文本中「我」雖然遲到，還是到達了見面地點，而且從「我」知道女朋友很生氣，可以得知兩人最後還是見到

面了，故選項①與文本內容不符。選項③的意思為「我不知道見面地點」，文本中「我」遲到的原因是路上塞車，並非不知道見面地點，故選項③也與文本內容不符。選項④的意思為「我等了女朋友很久」，與文本中描述的「因為我遲到，女朋友很生氣」的情況相反。選項②的意思是「我遲到了」，與文本內容相符，為正確答案。

解題策略

解答此類題型的時候，可以參考如下兩個解題策略。

• 策略一：先通讀，後精讀
  由於此類題型的閱讀文本較短，建議首先快速通讀文本的三句話，在對文本內容形成初步的理解後，閱讀選項內容，並有針對性地精讀文本。

• 策略二：把握首句，留意人物
  此類題型的文本多為記敘性題材，三句話基本按照時間順序依次展開。首句一般擔任交代主題或背景的重要功能，因此第一遍通讀文本時，把握首句語義有助於理解文本的整體內容。其次，在記敘性文本中，人物是推動情節發展的重要訊息，因此也成為出題的重要來源。通讀文本時，可標記出現的人物，注意人物的行為以及人物之間的關係。
  上面模擬題的首句中，便出現了人物「여자 친구（女朋友）」和主題「약속（約定）」兩個重要關鍵詞，為我們閱讀後文提供了重要背景和線索。

二、題型5：選擇表現出短文核心內容的選項。

題數及分值：題號為【46～48】共三小題，總計八分。其中兩小題為三分，一小題為兩分。
難易度：★★★☆☆

> 다음 주 화요일은 오빠의 생일입니다. 오빠가 운동을 좋아합니다. 그래서 주말에 백화점에 가서 생일 선물로 운동화를 사려고 합니다.

① 저는 운동화를 좋아합니다.
② 저는 백화점에 가서 쇼핑할 겁니다.
③ 저는 오빠에게 생일 선물을 받았습니다.

④ 저는 오빠에게 운동화를 선물할 겁니다.

模擬題解析

文本的中文意思如下：

> 下週二是哥哥的生日。哥哥喜歡運動。所以週末我打算去百貨公司買運動鞋作為生日禮物。

選項①的意思為「我喜歡運動鞋」，但文本中並未提到「我」的興趣愛好，故①不符合文本內容。選項②的意思為「我將去百貨公司購物」。雖然這符合文本第三句話的內容，但未能涵蓋前兩句話的資訊，無法作為短文的核心內容。選項③的意思為「我收到了哥哥送的禮物」。這與文本中「我」打算給哥哥買禮物的資訊正好相反。選項④「我將送哥哥運動鞋」不僅符合文本內容，還基本涵蓋了整個文本的重要資訊，反映了文本的中心思想，故正確答案為④。

解題策略

解答此類題型的時候，可以參考如下兩個解題策略。

- 策略一：讀後自行概括核心內容
  由於文本較短，建議直接閱讀文本，閱讀後可自己嘗試用中文概括三句話的核心內容，再與選項進行比對。切記此題需要選出的是核心內容，與文本內容相符但較為片面的選項無法成為正確答案。

- 策略二：重點注意首句和尾句
  一般而言，首句提供「背景」，尾句表達「計劃」或「想法」，兩句能在提取文本核心內容時提供重要線索。上題的首句介紹「下週是哥哥的生日」，尾句表明「打算購買運動鞋作為禮物」。兩句中提及的「오빠（哥哥）」、「생일（生日）」、「선물（禮物）」、「운동화（運動鞋）」四個關鍵詞足以判斷文本的核心內容。

三、模擬試題

[1〜2] 다음의 내용과 같은 것을 고르십시오.

1.
> 오늘 누나와 함께 영화관에 갔습니다. 영화가 시작하기 전에 우리는 팝콘을 샀습니다. 영화도 재미있고 팝콘도 너무 맛있었습니다.

① 혼자 영화관에 갔습니다.
② 집에서 영화를 봤습니다.
③ 재미있는 영화를 봤습니다.
④ 팝콘을 먹지 못했습니다.

2.
> 다음 주 금요일에 영어 시험이 있습니다. 그래서 요즘 매일 도서관에 가서 공부를 합니다. 시험이 끝나면 친구와 같이 여행을 갈 겁니다.

① 요즘 도서관에 자주 가지 않습니다.
② 요즘 도서관에서 시험을 준비합니다.
③ 이번 주에 시험이 모두 끝납니다.
④ 이번 주말에 친구와 같이 여행을 갈 겁니다.

[3〜4] 다음을 읽고 중심 내용을 고르십시오.

3.
> 제 친구는 피아노를 잘 칩니다. 피아노를 칠 때 친구는 정말 멋있어 보입니다. 그래서 저는 이번 여름 방학에 피아노를 배우기로 했습니다.

① 저는 멋진 친구를 사귀고 싶습니다.
② 저는 여름에 피아노를 배울 겁니다.
③ 제 친구는 피아노를 잘 가르칩니다.
④ 제 친구는 피아노를 치는 것을 싫어합니다.

4.
> 다음 달에 부모님의 결혼 기념일이 있습니다. 부모님을 모시고 해외 여행을 가고 싶습니다. 그래서 두 달 전에 카페에서 아르바이트를 시작했습니다.

① 부모님은 해외 여행에 가고 싶어 하십니다.
② 부모님은 두 달 전에 카페를 열었습니다.
③ 저는 부모님께 선물을 드리려고 합니다.
④ 저는 여행사에서 아르바이트를 하고 있습니다.

小知識補充：韓語中表達尊敬的三種方法

　　根據身分、地位、輩分等，會需要用到有尊敬意義的用語，而以下將列舉一些常見的用語，並分為單字類、助詞類、語尾類三種。

單字類

1. 名詞

中文	一般用語	有尊敬意思的用語
話	말	**말씀** 例）말씀하세요. 您請說。
生日	생일	**생신** 例）생신 축하드려요. 祝您生日快樂。
年紀	나이	**연세** 例）저희 할아버지께서는 연세가 90세이세요. 我爺爺（的年紀是）九十歲。

2. 動詞

中文	一般用語	有尊敬意思的用語
給	주다	**드리다**（要給的對象是需要尊敬的人時使用） 例）（對客人說）선물을 드릴게요. 這個禮物給您。
問	묻다	**여쭈다**（要問的對象是需要尊敬的人時使用，也很常用여쭤보다） 例）（對陌生人說）질문 하나 좀 여쭐게요/여쭤볼게요. 我想請教您一個問題。
吃	먹다	**드시다/잡수시다**（當「吃飯」的人是需要尊敬的人時使用，드시다最常使用；잡수시다則通常對爺爺奶奶輩的長輩使用，這時「밥（飯）」也通常會改成有尊敬意思的「진지」→진지를 잡수시다） 例）（對上司說）점심을 드셨어요? 您吃午餐了嗎？

在	있다	**계시다**（「誰在…」的「誰」是需要尊敬的人時使用） 例）부모님이 대만에 계세요? 你的父母在台灣嗎？
帶	데리다	**모시다**（「帶誰去某地」的「誰」是需要尊敬的人時使用） 例）저는 내년에 어머니를 모시고 한국에 갈 거예요. 我明年會帶媽媽去韓國。
見面	보다	**뵙다**（要見的對象是需要尊敬的人時使用） 例）（對教授說）내일 찾아 뵙겠습니다. 我明天會去找/拜訪您。
睡覺	자다	**주무시다**（睡覺的人是需要尊敬的人時使用） 例）（對長輩說）안녕히 주무세요. 晚安。

助詞類

類別	一般用語	尊敬用語
主格助詞	이/가	**께서** 例）교수님께서 너무 예뻐해 주셨어요. 教授很疼我。
副詞 格助詞	한테/에게	**께** 例）선생님께 감사의 말씀을 드리고 싶어요. 想對老師表達感謝（的話語）。

語尾類

類別	敬語
終結語尾 （尊敬聽者）	**-ㅂ/습니다;-ㅂ/습니까** 等等 例）알겠습니다. 我知道了。
先語末語尾 （尊敬主語）	**-(으)시-**：句子主語是需要尊敬的對象時， 需在動詞/形容詞/ '名詞＋이다' 後面接上-(으)시- 例）어머님이 정말 우아하십니다. 伯母真的很優雅。 　　이분은 우리과 교수님이십니다. 這位是我們系教授。

4
WEEK
句型

V-ㄹ/을 수 있다, V-아/어/여 주다, V-아/어/여 있다

一、閱讀演練

강릉시에서는 매년 10월 '강릉 커피 축제'를 (㉠   ). 이 축제에서는 여러 나라의 커피를 마실 수 있고 다양한 체험 행사에도 참여할 수 있습니다. 특히 올해 축제에서는 커피의 역사를 소개하는 특강과 커피를 직접 만드는 방법을 가르쳐 주는 커피 교실도 준비되어 있습니다. 온라인으로 미리 (㉡   ) 무료로 참여할 수 있습니다.

1. 다음 동사를 사용하여 ㉠에 들어갈 알맞은 말을 쓰십시오.

   열다 (   )

2. ㉡에 들어갈 말로 가장 알맞은 것을 고르십시오.

   ① 신청하러
   ② 신청하면
   ③ 신청하니까
   ④ 신청하는데

3. 무엇에 대한 내용인지 맞는 것을 고르십시오.

   ① 커피 축제를 여는 이유
   ② 커피 축제에 찾아가는 방법
   ③ 커피 축제에서 할 수 있는 일
   ④ 커피 축제에서 살 수 있는 물건

二、關鍵句型

▶句型1：V-ㄹ/을 수 있다

1. 接在動詞詞幹後。

詞幹末音節	句型	範例
無收尾音	＋-ㄹ 수 있다	가다 去：가-＋-ㄹ 수 있다 → 갈 수 있다
ㄹ收尾音	＋-ㄹ 수 있다	살다 活：살-＋-ㄹ 수 있다 → 살 수 있다
ㄹ以外的收尾音	＋-을 수 있다	씻다 洗：씻-＋-을 수 있다 → 씻을 수 있다

2. 表示具有某種能力，相當於中文的「能」、「會」或「可以」。

例）매운 음식을 먹을 수 있어요. 能吃辣的食物。

　　한국어 노래를 부를 수 있어요. 會唱韓文歌。

3. 關聯句型：V-ㄹ/을 수 없다

表示不具有某種能力，相當於中文的「不能」、「不會」或「不可以」。

例）너무 시끄러워서 잠을 잘 수 없어요. 因為太吵了，睡不著覺。

補充：「-ㄹ/을 수 있다」和「-ㄹ/을 수 없다」還可以用來表示「可能性」。此時不僅可以接在動詞詞幹的後面，還可以接在形容詞詞幹的後面。也常用作「-ㄹ/을 수도 있다/없다」。

例）감기약을 먹으면 졸릴 수(도) 있어요. 吃感冒藥的話，可能會想睡覺。

　　한국어를 처음 배울 때는 어려울 수(도) 있어요.

　　剛開始學韓語的時候，可能會覺得很難。

▶句型2：V-아/어/여 주다

1. 接在動詞詞幹後。

詞幹末音節	句型	範例
母音為ㅏ/ㅗ	＋ -아 주다	받다 接收：받-＋-아 주다 → 받아 주다
母音不為ㅏ/ㅗ	＋ - 어 주다	찍다 照：찍-＋-어 주다 → 찍어 주다
하	＋ -여 주다	말하다 說：말하-＋-여 주다 → 말해 주다

2. 表示為某人、幫某人做事情，相當於中文的「給……」、「為……」或「幫……」。主要用於提供他人幫助，或是請求對方給予幫助的時候。

> 例）저녁에 맛있는 비빔밥을 만들어 줄게요. 晚上幫你做好吃的拌飯。
> 주말에 수영을 가르쳐 주세요. 週末請教我游泳。

▶句型3：V-아/어/여 있다

1. 接在動詞詞幹後。

詞幹末音節	句型	範例
母音為ㅏ/ㅗ	＋ -아 있다	남다 留下：남-＋-아 있다 → 남아 있다
母音不為ㅏ/ㅗ	＋ -어 있다	서다 站：서-＋-어 있다 → 서 있다
하	＋ -여 있다	도착하다 到達：도착하-＋-여 있다 → 도착해 있다

2. 表示動作結束後狀態的持續，相當於中文的「……著」。

> 例）창문이 열려 있어요. 窗戶開著。
> 저는 앉아 있고 형은 침대에 누워 있어요. 我坐著，哥哥在床上躺著。

三、長句分析

　　閱讀時，如想要快速把握文章的主要內容，或是遇到長句，想要釐清大致句意的話，首先要做的便是準確找到句子的主幹成分。

尋找句子主幹的第一步就是確定敘述語部分。

　　韓語的基本語序為「主語-(目的語)-敘述語」，敘述語由動詞、形容詞或名詞＋이다組成，一般位於子句或整個句子的末端。

오빠가	밥을	먹습니다.
哥哥	飯	吃
（主語）	（目的語）	（敘述語）

　　使用韓語進行溝通交流時，你可能會有這樣的感受，「韓語一定要聽到最後才可以」。這就說明了敘述語在決定句子結構和語義方面有非常重要的作用。

　　以文本第二句為例，你能找出這個句子的敘述語部分嗎？

이 축제에서는 여러 나라의 커피를 마실 수 있고 다양한 체험 행사에도 참여할 수 있다.

　　首先，我們可以注意到句子的末端，「참여할 수 있다」是一個敘述語，由動詞「참여하다（參與）」與表示能力或可能性的「-ㄹ/을 수 있다」的結合而成。

　　但這個句子中還出現了表示「並列」的連結語尾「-고」，所以此句並非單純的單句，敘述語也不只有一個。與「-고」相接的「마실 수 있-」由動詞「마시다（喝）」和「-ㄹ/을 수 있다」結合而來，同樣也是句子的敘述語。也就是說，下面由「-고」連接的這個長句中包含「마실 수 있고」和「참여할 수 있다」兩個敘述語成分。

이 축제에서는 여러 나라의 커피를 마실 수 있고 다양한 체험 행사에도 참여할 수 있다.

確定敘述語後，尋找主語、目的語等其他成分。

　　一般而言，如敘述語是自動詞、形容詞或是名詞＋이다的形式，我們再找到句子的主語即可。韓語中主語後一般使用「이/가」進行標記，有時也會使用「은/는」或其他補助詞。另外，省略主語的情況也很常見。

　　如敘述語動詞是他動詞，除了主語以外，還需要尋找目的語。目的語一般使用「을/를」進行標記。有時，還需要根據動詞的具體詞義，找出除主語、目的語以外的其他成分。

　　在本句中「마시다」是他動詞，前面出現了目的語「커피」，即前半句的主幹部分為「커피를 마실 수 있다」。「참여하다」為自動詞，意為「參與」，雖然此處沒有目的語，但為了保持語意完整，可以將「체험 행사에 참여하다」看作是後半句的主幹部分。

　　以上，可以將這句長句簡單略縮成：

커피를 마실 수 있고 체험 행사에도 참여할 수 있다.
可以品嚐咖啡，還能參加體驗活動。

最後再看其他修飾部分即可：

여러 나라의 커피를 마실 수 있고 다양한 체험 행사에도 참여할 수 있다.
可以品嚐各國的咖啡，還能參加各式各樣的體驗活動。

✏ 重點詞彙

單字	詞性	詞義	備註
매년（每年）	[名/副]	每年	與「해마다」意思相似
축제（祝祭）	[名]	慶典	축제를 열다 舉辦慶典
다양하다（多樣하다）	[形]	豐富、各式各樣	다양한 상품 各式各樣的商品
체험 행사（體驗行事）	[詞組]	體驗活動	문화 체험 행사 文化體驗活動
참여하다（參與하다）	[動]	參與、參加	행사에 참여하다 參與活動
역사（歷史）	[名]	歷史	세계의 역사 世界的歷史
특강（特講）	[名]	講座	특강을 듣다 聽講座
직접（直接）	[名/副]	直接	직접 경험하다 親身體驗
방법（方法）	[名]	方法、辦法	공부 방법 讀書方法
준비되다（準備되다）	[動]	準備、被準備	식사가 준비되다 飯做好了
온라인（on-line）	[名]	線上	오프라인（off-line）線下
미리	[副]	事先、提前	미리 준비하다 提前準備
무료（無料）	[名]	免費、無償	유료（有料）要付費
신청하다（申請하다）	[動]	申請、報名	휴가를 신청하다 請假

A/V-(으)ㄴ/는/(으)ㄹ 것, A/V-(으)ㄹ 때, V-기 전에

一、閱讀演練

대학교 일 학년 때부터 사진 동아리에 가입했습니다. 저에게는 사진을 찍는 것이 소중한 순간을 (㉠) 하나의 방법입니다. 평소에는 아름다운 풍경은 물론, 맛있는 음식도 사진에 담아 보려고 합니다. 그리고 방학에는 시간이 날 때마다 친구들과 사진을 (㉡) 여행을 갑니다. 지금까지 핸드폰으로 사진을 찍었습니다. 이번 여름 방학에는 여행을 가기 전에 저에게 좋은 카메라를 선물하고 싶습니다.

1. ㉠에 들어갈 말로 가장 알맞은 것을 고르십시오.

   ① 이기는
   ② 생기는
   ③ 남기는
   ④ 사귀는

2. ㉡에 들어갈 말로 가장 알맞은 것을 고르십시오.

   ① 찍는데
   ② 찍으면
   ③ 찍어서
   ④ 찍으러

3. 윗글의 내용과 같은 것을 고르십시오.

   ① 사진 찍기는 저에게 의미 있는 일입니다.
   ② 핸드폰 카메라로 사진을 잘 찍지 않습니다.
   ③ 이번 여름 방학에 여행을 가지 못할 것 같습니다.
   ④ 친구에게 선물로 좋은 카메라를 받았습니다.

二、關鍵句型

▶句型1：A/V-(으)ㄴ/는/(으)ㄹ 것

1. 根據前面所接詞性、末音節有無收尾音、時態的不同，該語法的具體形態也會
   有所不同。

詞幹末音節			句型	範例
動詞	過去式	無收尾音或ㄹ收尾音	+-ㄴ 것	보다 看：보-+-ㄴ 것 → 본 것
		ㄹ以外的收尾音	+-은 것	먹다 吃：먹-+-은 것 → 먹은 것
	現在式		+-는 것	보다：보-+-는 것 → 보는 것 먹다：먹-+-는 것 → 먹는 것
	未來式	無收尾音或ㄹ收尾音	+-ㄹ 것	보다：보-+-ㄹ 것 → 볼 것
		ㄹ以外的收尾音	+-을 것	먹다：먹-+-을 것 → 먹을 것
形容詞		無收尾音或ㄹ收尾音	+-ㄴ 것	크다 大的：크-+-ㄴ 것 → 큰 것
		ㄹ以外的收尾音	+-은 것	작다 小的：작-+-은 것 → 작은 것

2. 用於將前面的內容轉化為名詞性結構，並在句中充當主語、目的語等成分。

例）저녁에 커피를 많이 마시는 것이 안 좋아요. 晚上喝太多咖啡不好。
　　→ 此句主語：저녁에 커피를 많이 마시는 것 晚上喝太多咖啡這件事

例）그 남자가 이미 결혼한 것을 몰랐어요. 不知道那個男的已經結婚了。
　　→ 此句目的語：이미 결혼한 것 已經結婚的這件事

▶句型2：A/V-(으)ㄹ 때

1. 接在動詞或形容詞詞幹後。

詞幹末音節	句型	範例
無收尾音	＋-ㄹ 때	생각하다 思考：생각하-＋-ㄹ 때 → 생각할 때
ㄹ收尾音	＋-ㄹ 때	놀다 玩：놀-＋-ㄹ 때→ 놀 때
ㄹ以外的收尾音	＋-을 때	넘다 超過：넘-＋-을 때 → 넘을 때

2. 表示某動作或狀況的發生或持續的當下，相當於中文的「……時」。

例）교통사고가 났을 때 무슨 생각을 했어요? （過去式時，加-았/었/였을 때）
發生車禍時，腦中浮現了什麼想法？
저는 기분이 안 좋을 때 카페에 가요. 我心情不好的時候會去咖啡廳。

3. 也可加在名詞後面，此時名詞後面空一格，直接加「때」，構成「N 때」的形式。

例）여름 방학 때 뭘 했어요? 暑假時做了什麼？

▶句型3：V -기 전에

1. 接在動詞詞幹後，表示「在……之前」。

例）밥을 먹기 전에 손을 깨끗이 씻는 것이 중요해요. 吃飯前將手洗乾淨很重要。
맛집에 가기 전에 미리 예약하는 것이 좋아요. 去人氣餐廳前最好先預約。

2. 也可加在名詞後面，此時名詞後面空一格，直接加「전에」或「전」，構成「N 전(에)」的形式。

例）일주일 전에 한국어 말하기 시험을 봤어요. 一週前考了韓語口說考試。

三、長句分析

저에게는 사진을 찍는 것이 소중한 순간을 남기는 하나의 방법입니다.

1. 找出句子的主語

- 主語最典型的標誌便是後面緊跟著格助詞「이/가」。由此可知主語部分為「사진을 찍는 것」。

  ※「찍다」是動詞，無法在句中直接充當主語，需要借助「-는 것」的幫助，使之變成名詞性結構。

2. 找出句子的敘述語及主幹

- 找到句子的主語後，接著找另一個重要的句子成分——敘述語，即敘述主語的部分。此句主幹的敘述語為「방법입니다」。
- 整個句子的主幹部分就是：

사진을 찍는 것이 방법입니다.

拍照是方法。

3. 分析修飾成分的語意

- 在這個句子中，「방법」前面出現了較長的修飾成分，對「방법」進行了詳細的說明。

소중한 순간을 남기는 하나의 방법

建議採用「由近至遠」的順序對修飾成分進行具體分析，也就是從距離「방법」最近的詞出發，逐漸向左推進。距離「방법」最近的是「하나의」，「하나의 방법」意為「一種方法」。那麼可以帶著「什麼樣的一種方法？」這樣的疑問繼續向左閱讀。

- 남기는 하나의 방법: 留下的一種方法 → 留下「什麼」的一種方法？
- 순간을 남기는 하나의 방법: 留下瞬間的一種方法 → 留下「什麼」瞬間的一種方法？
- 소중한 순간을 남기는 하나의 방법: 留下珍貴瞬間的一種方法

重點詞彙

單字	詞性	詞義	備註
동아리	[名]	社團	동아리 활동 社團活動
가입하다 (加入하다)	[動]	加入、參加	보험에 가입하다 加入保險
소중하다 (所重하다)	[形]	寶貴的、珍貴的	소중한 기회 寶貴的機會
순간 (瞬間)	[名]	瞬間、剎那	눈부신 순간 耀眼的瞬間
평소 (平素)	[名]	平常、平時	평소보다 멋있다 比平時帥
아름답다	[形]	美麗、優美	아름다운 목소리 優美的嗓音
풍경 (風景)	[名]	風景、景色	풍경: 自然/人文風景 경치: 自然風景
물론 (勿論)	[名/副]	當然、不用說	~은/는 물론 〜當然不用說
담다	[動]	裝、盛、放	그릇에 담다 盛在碗裡
자신 (自身)	[名]	自己、自身	자신의 노력 自身的努力
카메라 (camera)	[名]	相機	디지털 카메라 數位相機
선물하다 (膳物하다)	[動]	送禮	꽃을 선물하다 送花

V-고 있다, A/V-게 하다, V-기로 하다

一、閱讀演練

> 서울시에서는 '서울엄마아빠 택시' 서비스를 (㉠). '서울엄마아빠 택시'는 부모가 아이와 같이 편하게 외출 할 수 있게 하는 (㉡)입니다. 24개월 이하 아기가 있으면 이용 가능합니다. 현재 시민들이 많이 이용해서 서울시는 이 서비스를 확대하기로 했습니다.

1. ㉠에 들어갈 말로 가장 알맞은 것을 고르십시오.

   ① 제공하고 있습니다
   ② 제공하지 않습니다
   ③ 제공하려고 합니다
   ④ 제공하기 때문입니다

2. ㉡에 들어갈 알맞은 어휘를 고르십시오.

   ① 버스
   ② 식당
   ③ 경찰서
   ④ 서비스

3. 글을 읽고 알맞은 것을 고르십시오.

   ① '서울엄마아빠 택시' 서비스는 내년에 시작합니다.
   ② '서울엄마아빠 택시' 서비스는 확대될 예정입니다.
   ③ '서울엄마아빠 택시' 서비스는 부산에서 하는 서비스입니다.
   ④ 10살 이하의 아이가 '서울엄마아빠 택시' 서비스를 이용할 수 있습니다.

二、關鍵句型

►句型1：V-고 있다

1. 接在動詞詞幹後。

　　例） 타다 搭乘：타-＋-고 있다 → 타고 있다

2. 表示動作結束後狀態的持續，相當於中文的「正在……；……著」。

　　例） 지금 가고 있어요. 現在正在去的路上。
　　　　외투를 입고 있어요. 穿著外套。/外套穿著。

►句型2：A/V-게 하다

1. 接在動詞/形容詞詞幹後。

　　例） 공부하다 讀書：공부하- ＋ -게 하다 → 공부하게 하다
　　　　행복하다 幸福：행복하- ＋ -게 하다 → 행복하게 하다

2. 表示「使/讓（某人事物）……」。

　　例） 남자 친구가 저를 설레게 했어요. 男友讓我心動了。
　　　　목소리를 크게 하세요. 請講大聲一點。

►句型3：V-기로 하다

1. 接在動詞詞幹後。

　　例） 버리다 丟掉：버리-+-기로 하다 → 버리기로 하다

2. 表示「決定…」。

　　例） 우리 다 같이 모이기로 했어요. 我們決定要一起聚一下。
　　　　그 사람의 시간에 맞춰 주기로 했어요. 我們決定要配合他的時間。

三、長句分析

'서울엄마아빠 택시'는 부모가 아이와 같이 편하게 외출할 수 있게 하는 서비스입니다.

1. 找出句子的主幹

- 首先找到句末的敘述語「서비스입니다」。
- 判斷與之搭配的主語為何。
  → 부모가 서비스입니다. 父母是一項服務。（不合理）
  → '서울엄마아빠 택시'는 서비스입니다.
    「首爾爸爸媽媽計程車」是一項服務。（合理）

'서울엄마아빠 택시'는 서비스입니다.

首爾爸爸媽媽計程車是一項服務。

2. 分析修飾成分的語意

- 首先看到句中冠形詞形語尾-는，用來修飾後面的「서비스」
- 往左邊看：외출할 수 있게 하는 使（某人）可以外出的
  Tip:不是只看和「-는」黏在一起的「하」，而是要一直往左找到有具體意義的動詞/形容詞語幹或者是名詞＋이다，也就是本句的「외출하다」。
- 再往左邊看：找到搭配「외출하다」的主語「부모가」 -> 讓父母可以外出的
- 再看剩下的部分：아이와 같이 편하게 和孩子一起舒適地
- 整個修飾的部分就是：

부모가 아이와 같이 편하게 외출할 수 있는

讓父母和孩子可以一起舒適地外出的

3. 把主幹和修飾成分套起來

'서울엄마아빠 택시'는 부모가 아이와 같이 편하게 외출 할 수 있게 하는 서비스입니다.

首爾爸爸媽媽計程車是一項可以讓父母和孩子一起舒適外出的服務。

重點詞彙

單字	詞性	詞義	備註
서울시（서울市）	[名]	首爾市	서울시청 首爾市政府
엄마	[名]	媽媽	「어머니」的非正式、親暱稱法
아빠	[名]	爸爸	「아버지」的非正式、親暱稱法
택시（taxi）	[名]	計程車	택시를 타다 搭計程車
서비스（service）	[名]	服務	서비스를 제공하다 提供服務
제공하다（提供하다）	[動]	提供	~을/를 제공하다 提供~
부모（父母）	[名]	父母	부모님 對父母的尊稱
아이	[名]	孩子	＝아동（較正式） ＝애기（較口語）
같이	[副]	一起	~와/과 같이 和~一起
편하다（便하다）	[形]	方便	마음이 편하다 心裡很舒坦
외출하다（外出하다）	[動]	外出、出門	귀가하다（歸家하다）回家
개월（個月）	[依存名詞]	…個月	방학까지 2개월 남았다 離放假還剩兩個月
이하（以下）	[名]	以下	18세 이하 관람 불가 十八歲以下禁止觀看
이용（利用）	[名]	使用	24시간 이용 가능 可二十四小時使用
가능하다（可能하다）	[形]	可能、可以	~이/가 가능하다 可以~
시민（市民）	[名]	市民	선량한 시민 善良的市民
현재（現在）	[名]	現在	과거 過去、미래 未來
확대하다（擴大하다）	[動]	擴大	~을/를 확대하다 擴大~

A/V-지 않다, A/V-기 때문이다, A/V-아/어/여야 하다

一、閱讀演練

> 물은 우리가 생각하는 것보다 훨씬 더 흥미로운 특징을 가지고 있습니다. 바로 우리가 물을 마시거나 샤워하거나 다른 일 때문에 물을 (㉠) 지구에 있는 물의 양이 적어지거나 많아지지 않는 것입니다. 왜냐하면 물의 양은 항상 같기 때문입니다. (㉡) 지구에 있는 물은 모두 사용할 수 있는 것이 아닙니다. 우리가 사용할 수 있는 물은 제한적입니다. 그래서 물을 아껴서 사용해야 합니다.

1. ㉠에 들어갈 말로 가장 알맞은 것을 고르십시오.

   ① 놀 때마다
   ② 묻을 때마다
   ③ 사용할 때마다
   ④ 가져올 때마다

2. ㉡에 들어갈 알맞은 어휘를 고르십시오.

   ① 특히
   ② 또는
   ③ 하지만
   ④ 그래서

3. 이 글의 내용과 같은 것을 고르십시오.

   ① 물을 아껴서 사용하지 않아도 됩니다.
   ② 지구에 있는 물이 계속 생기고 있습니다.
   ③ 지구에 있는 물의 일부만 사용할 수 있습니다.
   ④ 지구에 있는 물은 우리가 사용할 때마다 계속 적어지고 있습니다.

二、關鍵句型

▶句型1：A/V-지 않다

1. 接在動詞或形容詞詞幹後。

例）돌아오다 回來：돌아오-＋-지 않다 → 돌아오지 않다
기쁘다 開心：기쁘-＋-지 않다 → 기쁘지 않다

2. 表示沒有做某事的意願，或否定某狀態，相當於中文的「不/沒有……」。

例）여자 친구가 쇼핑을 좋아하지 않아요. 我女朋友不喜歡逛街。
그 옷이 예쁘지 않아요. 那件衣服不好看。

▶句型2：A/V-기 때문이다

1. 接在動詞或形容詞詞幹後。

例）다니다 往返：다니-＋-기 때문이다 → 다니기 때문이다
빠르다 快：빠르-＋-기 때문이다 → 빠르기 때문이다

2. 表示某事的原因或理由，相當於中文的「因為……」。

例）여자친구가 쇼핑을 좋아하지 않기 때문에 우리는 백화점에 자주 안 가요.
因為我女朋友不喜歡逛街，所以我們不常去百貨公司。
일이 너무 많기 때문에 여행을 못 갔어요. 因為事情太多，所以沒能去旅行。

▶句型3：A/V-아/어/여야 하다

1. 接在動詞或形容詞詞幹後。

詞幹末音節	句型	範例
母音為ㅏ/ㅗ	＋ -아야 하다	살다 活: 살-＋-아야 하다→ 살아야 하다
母音不為ㅏ/ㅗ	＋ -어야 하다	빌리다 借: 빌리-＋-어야 하다→ 빌려야 하다
하	＋ -여야 하다	시작하다 開始: 시작하-＋-여야 하다 → 시작해야 하다

2. 表示做某事或必須如何，相當於中文的「要……」。

例）내일 중요한 시험이 있어서 일찍 자야 해요. 因為明天有重要的考試，所以要早點睡。
지진이 날 때는 문을 열어야 합니다. 發生地震時要開門。

三、長句分析

> 바로 우리가 물을 마시거나 샤워하거나 다른 일 때문에 물을 사용할 때마다
> 지구에 있는 물의 양이 적어지거나 많아지지 않는 것입니다.

1. 確定句子的整體結構

- 透過-(으)ㄹ 때마다可以判斷中間是在說明「每當～的時候」
  → 사용할 때마다 每當使用～時
- 確認最後面的敘述語：적어지거나 많아지지 않는 것입니다 不會增多或減少
  → 每當～時……不會增多或減少

2. 找到搭配「사용하다」的主語及目的語

- 往左看： 물을 사용할 때마다 每當使用水時
- 再往左看：우리가 물을 마시거나 샤워하거나 다른 일 때문에 我們喝水、洗澡，或因為其他事情
  ※-거나 表示「或」的語尾，可接在動詞/形容詞詞幹後。
- 綜合上述，前句的意思為：

> 우리가 물을 마시거나 샤워하거나 다른 일 때문에 물을 사용할 때마다
> 每當我們喝水、洗澡，或因為其他事情使用水時

3. 找出最後面的敘述語「不會增多或減少」的主語及其他修飾語

- 往左看：양이 적어지거나 많아지지 않는 것입니다.
  → 主語：양 量
- 再往左看：지구에 있는 물의 양이 적어지거나 많아지지 않는 것입니다.
  → 修飾主語的部分：지구에 있는 물의 地球上的水的
- 綜合上述，後句的意思為：

> 지구에 있는 물의 양이 적어지거나 많아지지 않는 것입니다.
> 地球上的水量不會增多或減少。

重點詞彙

單字	詞性	詞義	備註
물	[名]	水	물을 절약하다 節約用水
생각하다	[動]	想、思考	원인을 생각하다 思考原因
훨씬	[副]	更加	훨씬 낫다 更好
특별하다（特別하다）	[形]	特別的	특별한 경험 特別的經驗
특징（特徵）	[名]	特徵、特點	~의 특징이 있다 有~的特徵
가지다	[動]	有、擁有	쓰레기를 가져가세요. 請把垃圾帶走。
바로	[副]	正是	바로 일어나다 馬上起來
마시다	[動]	喝	물을 마시다 喝水
샤워하다（shower하다）	[動]	洗澡	=씻다（固有詞）
지구（地球）	[名]	地球	지구본 地球儀
양（量）	[名]	量	양이 많다/적다 量多/量少
적어지다	[動]	變少	고민이 적어지다 煩惱變少
많아지다	[動]	變多	일이 많아지다 事情變多
왜냐하면	[副]	因為	왜냐하면 ~기 때문이다. 為什麼呢~ 因為~
항상（恒常）	[副]	總是	항상 ＋A/V 總是~
같다	[形]	一樣	~와/과 같다 和~一樣
제한적（限制的）	[名]	有限的	영향이 제한적이다 影響有限
아끼다	[動]	珍惜、愛惜	물건을 아끼다 愛惜物品
사용하다（使用하다）	[動]	使用	~을/를 사용하다 使用~

A/V-(으)ㄹ까 보다, V-지 못하다, A/V-(으)ㄹ 수밖에 없다

一、閱讀演練

오늘은 오랜만에 한국 친구를 만나는 날이었습니다. 하지만 전날 밤에 갑자기 난방이 고장이 나서 잘 때 많이 (㉠). 그래서 새벽까지 잠을 자지 못했습니다. 결국 다음 날 눈을 떴을 때 이미 만나기로 한 시간이 지나 있었습니다. 친구가 너무 오래 기다릴까 봐 (㉡) 머리가 아파서 움직이지 못했습니다. 그래서 약속을 취소할 수밖에 없었습니다. 다행히 친구는 성격이 착해서 이해해 줬습니다.

1. ㉠에 들어갈 말로 가장 알맞은 것을 고르십시오.

   ① 추웠습니다
   ② 더웠습니다
   ③ 시원했습니다
   ④ 답답했습니다

2. ㉡에 들어갈 말로 가장 알맞은 것을 고르십시오.

   ① 빨리 가고 싶었으면
   ② 빨리 가고 싶었지만
   ③ 빨리 가고 싶었으니까
   ④ 빨리 가고 싶었기 때문에

3. 이 글의 내용과 같은 것을 고르십시오.

   ① 친구가 저를 기다리지 않았습니다.
   ② 제가 지각해서 친구가 화났습니다.
   ③ 저는 머리가 아파서 못 일어났습니다.
   ④ 저는 오늘 오랜만에 친구를 만났습니다.

二、關鍵句型

▶句型1：A/V-(으)ㄹ까 보다

1. 接在動詞或形容詞詞幹後。

詞幹末音節	句型	範例
無收尾音	+-ㄹ까 보다	흘리다 流: 흘리-+-ㄹ까 보다→ 흘릴까 보다
ㄹ收尾音	+-ㄹ까 보다	울다 哭: 울-+-ㄹ까 보다→ 울까 보다
ㄹ以外的收尾音	+-을까 보다	짧다 短: 짧-+-ㄹ까 보다→ 짧을까 보다

2. 表示擔心會有前子句的情況，後面通常會接相應的行動，相當於中文的「因為擔心會⋯⋯，所以⋯⋯」。

3. 常用型態：-(으)ㄹ까 봐

例) 오늘은 비가 올까 봐 우산을 가져왔어요. 怕今天可能會下雨，所以帶了雨傘。
지각할까 봐 시계를 계속 확인하고 있어요. 因為擔心會遲到，所以一直在看時間。

▶句型2：V-지 못하다

1. 接在動詞詞幹後，表示無法、不能、沒能做某事。

例) 비가 와서 소풍을 가지 못했어요. 因為下雨所以沒能去郊遊。
주말에 남자 친구를 만나지 못해서 너무 슬퍼요.
因為週末不能見到男朋友，感覺很難過。

▶句型3：A/V-(으)ㄹ 수밖에 없다

1. 接在動詞或形容詞詞幹後。

詞幹末音節	句型	範例
無收音	＋-ㄹ 수밖에 없다	그만두다 辭職：그만두-＋-ㄹ 수밖에 없다 → 그만둘 수밖에 없다
ㄹ收尾音	＋-ㄹ 수밖에 없다	빌다 求：빌-＋-ㄹ 수밖에 없다 → 빌 수밖에 없다
ㄹ以外的收尾音	＋-을 수밖에 없다	늦다 晚：늦-＋-을 수밖에 없다 → 늦을 수밖에 없다

2. 接在動詞或形容詞詞幹後，表示不得已做某事，或理所當然的結果。

例）상황이 너무 급해서 그렇게 할 수밖에 없었어요. 因為情況緊急所以不得不那麼做。
식재료가 신선해서 맛있을 수밖에 없었어요. 因為食材新鮮，當然好吃。

三、長句分析

친구가 너무 오래 기다릴까 봐 빨리 가고 싶었지만 머리가 아파서 움직이지 못했습니다.

1. 確定句子的整體結構

- 找出連結語尾＋前面接的句型

친구가 너무 오래 기다릴까 봐 빨리 가고 싶었지만 머리가 아파서 움직이지 못했습니다.

- 整體結構：因為擔心～，雖然想～，但因為～，所以無法～。

2. 連同前面的動詞/形容詞/名詞＋이다 一起看

친구가 너무 오래 기다릴까 봐 빨리 가고 싶었지만 머리가 아파서 움직이지 못했습니다.

- 整體結構：因為擔心（某人）等待～，雖然想去～，但因為（某部位）很痛～，所以無法動彈。

3. 找出搭配這些動詞/形容詞/名詞＋이다的主語

- 「等待」的主語「친구가」
- 「想快點去找」的主語「我」（在此文章中被省略）
- 綜合上述，整句的意思為：

친구가 너무 오래 기다릴까 봐 빨리 가고 싶었지만 머리가 아파서 움직이지 못했습니다.

因為擔心朋友等太久，想快點趕過去，但是頭痛到動不了。

重點詞彙

單字	詞性	詞義	備註
오랜만	[名]	許久、很久	句中常用：오랜만에 句尾常用：오랜만이다
친구（親舊）	[名]	朋友	여자 친구 女朋友； 남자 친구 男朋友
만나다	[動]	見面	~을/를 만나다 見（某人）
하지만	[副]	但是	通常用在句首
전날（前날）	[名]	前一天	이틀 전 前兩天
갑자기	[副]	突然	갑자기 나타나다 突然出現
난방（暖房）	[名]	暖氣	난방을 켜다 開暖氣
고장（故障）	[名]	故障	고장이 나다 故障
춥다	[形]	冷的	덥다 熱的
새벽	[名]	半夜、凌晨	새벽 3시 凌晨三點
뜨다	[動]	睜	눈을 뜨다 睜眼
이미	[副]	已經	≒ 벌써 早就
아프다	[形]	不舒服的、痛的	~이/가 아프다 ～不舒服/很痛
움직이다	[動]	移動	~이/가 움직이다 ～移動 ~을/를 움직이다 移動～
약속（約束）	[名]	約、約定	약속이 있다 有約
취소하다（取消하다）	[動]	取消	~을/를 취소하다 取消～
성격（性格）	[名]	個性、性格	성격이 좋다 個性很好
착하다	[形]	善良的、乖的	마음씨가 착하다 心地善良
이해하다（理解하다）	[動]	理解	~을/를 이해하다 理解～

V-ㄴ/은 적이 있다/없다, V-지 말다, V-ㄴ/은 후

一、閱讀演練

피부를 젊게 유지하기 위해 비싼 돈을 내고 화장품을 산 적이 있나요? 사실 (㉠) 아름다운 피부를 만들어 줄 수 있습니다. 우선, 늦게 자지 말고 밤에 충분한 잠을 자야 합니다. 그리고 비타민이 풍부한 과일과 채소를 먹고, 생선과 견과류를 먹는 것이 좋습니다. 또한 스트레스가 피부에 나쁜 영향을 미칠 수 있어서 좋은 기분을 유지하는 것도 매우 중요합니다. 마지막으로 퇴근한 후에 집에 누워만 있지 말고 (㉡) 것도 좋은 방법입니다.

1. ㉠에 들어갈 말로 가장 알맞은 것을 고르십시오.

    ① 돈을 많이 벌어도
    ② 효과가 있는 약을 먹어도
    ③ 좋은 생활 습관만 가져도
    ④ 병원에 가서 수술을 받아도

2. 다음 동사를 사용하여 ㉡에 들어갈 알맞은 말을 쓰십시오.

    운동하다 (   )

3. 무엇에 대한 내용인지 맞는 것을 고르십시오.

    ① 좋은 기분을 유지하는 방법
    ② 운동한 후에 먹기 좋은 음식
    ③ 스트레스를 푸는 다양한 방법
    ④ 좋은 피부를 유지하는 생활 습관

二、關鍵句型

▶句型1：V-ㄴ/은 적이 있다/없다

1. 接在動詞詞幹後。

詞幹末音節	句型	範例
無收尾音	+-ㄴ 적이 있다/없다	빼다 去掉: 빼-+-ㄴ 적이 있다/없다 → 뺀 적이 있다/없다
ㄹ收尾音	+-ㄴ 적이 있다/없다	풀다 解開: 풀-+-ㄴ 적이 있다/없다 → 푼 적이 있다/없다
ㄹ以外的收尾音	+-은 적이 있다/없다	적다 填寫: 적-+-은 적이 있다/없다 → 적은 적이 있다/없다

2. 「-ㄴ/은 적이 있다」 表示有某種經歷，相當於中文的「……過」；「-ㄴ/은 적이 없다」 表示沒有某種經歷，相當於中文的「沒……過」。

例）저는 한국 소설을 읽은 적이 있습니다. 我讀過韓國小說。

핸드폰을 잃어버린 적이 몇 번 있어요. 丟過幾次手機。

아직 해물파전을 먹어 본 적이 없어요. 還沒有吃過海鮮煎餅。

▶句型2：V-지 말다

1. 接在動詞詞幹後，是命令句和共動句的否定形式。具體形式如下表所示：

句型	肯定	否定
命令句	-(으)십시오	-지 마십시오
	-(으)세요	-지 마세요
共動句	-ㅂ/읍시다	-지 맙시다
	-아/어/여요	-지 말아요

2. 表示禁止性否定，相當於中文的「不要」或「別」。

例）박물관에서 사진을 찍지 마십시오. 請不要在博物館裡拍照。
여기에서 담배를 피우지 마세요. 請不要在這裡吸菸。
오늘은 운동을 하지 맙시다. 今天我們就不要運動了吧。
우리 스터디 카페에서 크게 말하지 말아요. 我們在自習咖啡廳講話不要太大聲吧。

▶句型3：V- ㄴ/은 후

1. 接在動詞詞幹後。

詞幹末音節	句型	範例
無收音	＋-ㄴ 후	마치다 結束: 마치-＋-ㄴ 후 → 마친 후
ㄹ收尾音	＋-ㄴ 후	떠들다 喧嘩: 떠들-＋-ㄴ 후 → 떠든 후
ㄹ以外的收尾音	＋-은 후	끊다 戒掉: 끊-＋-은 후 → 끊은 후

2. 表示發生在某個動作、行為之後，相當於中文的「……之後」。類似的表達方式還有「-ㄴ/은 뒤」和「-ㄴ/은 다음」。

例）운동한 후에 샤워를 해요. 運動之後沖澡。
아침에 일어나서 세수를 한 뒤에 밥을 먹어요. 早上起床洗漱後吃飯。
저는 스파게티를 만든 다음에 샐러드를 만들 거예요.
我做好義大利麵之後還要做沙拉。

三、長句分析

또한 스트레스가 피부에 나쁜 영향을 미칠 수 있어서
좋은 기분을 유지하는 것도 매우 중요합니다.

1. 確定句子的整體結構

句子的長度較長，且句中含有連結語尾「-어서」，由此可知此句不是單句，而是複句。

2. 確定前後分句的語意關係

連結語尾「-아/어/여서」，主要有三種用法，分別是表示「前後內容依次發生」、「原因或理由」以及「手段或方法」。根據前後分句的內容可知，此處「-어서」表示「原因或理由」，「-어서」前面的分句表示「原因」，後面的分句表示「結果」。

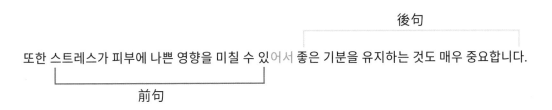

3. 分析前後的結構和語意

- 前句的主幹為「스트레스가 피부에 영향을 미치다」，「스트레스」為主語，「영향」為目的語，「미치다」為敘述語。「피부」是「영향」，即被影響的對象。
- 「나쁜」是附加的修飾成分，用於修飾後面的「영향」，具體說明這種「影響」是「不好的影響」。
- 綜合上述，前句的意思為：

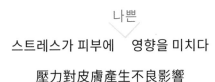

壓力對皮膚產生不良影響

4. 分析後句的結構和語意

- 後句的主幹為「기분을 유지하는 것이 중요하다」，敘述語為「중요하다」，主語為主格助詞「이」前面的「기분을 유지하는 것」。
- 「-는 것」使前面的「기분을 유지하다」變成了名詞性結構。
- 「좋은」和「매우」均為附加的修飾成分，分別修飾名詞「기분」和形容詞「중요하다」。
- 綜合上述，後句的意思為：

좋은　　　　　　　매우

기분을 유지하는 것이　중요하다

保持好心情非常重要

重點詞彙

單字	詞性	詞義	備註
피부 (皮膚)	[名]	皮膚	피부가 가렵다 皮膚發癢
유지하다 (維持하다)	[動]	維持、保持	건강을 유지하다 保持健康
내다	[動]	拿出、抽出、發出	소리를 내다 發出聲音
화장품 (化粧品)	[名]	化妝品	화장품을 바르다 擦化妝品
사실 (事實)	[名/副]	其實、說真的	사실과 맞지 않다 與事實不符
우선 (于先)	[副]	首先	우선 밥부터 먹자. 先吃飯吧。
충분하다 (充分하다)	[形]	充分、充足	충분한 이유 足夠的理由
풍부하다 (豐富하다)	[形]	豐富、富足	경험이 풍부하다 經驗豐富
비타민 (vitamin)	[名]	維生素、維他命	비타민C 維生素C
생선 (生鮮)	[名]	魚	생선 요리 用魚做的料理
견과류 (堅果類)	[名]	堅果類	견과류를 먹다 吃堅果
영향 (影響)	[名]	影響	영향을 받다 受影響
퇴근하다 (退勤하다)	[動]	下班	늦게 퇴근하다 晚下班

韓檢閱讀題型分析四：排序題

新韓國語文能力測驗初級（TOPIK I）閱讀部分的57到58兩道小題為排序題，每道小題中包含(가)、(나)、(다)、(라)四個小句，考生需要將這四個小句按照正確的邏輯順序進行排序。此類題型不僅考查學習者對於每個小句的理解，還進一步考查了學習者對句子與句子之間關係的掌握度。以下將配合模擬題對這類題型進行詳細的解讀。

一、題型6：請將短句正確排序。

題數及分值：題號為【57～58】共兩小題，總計五分，其中57小題為三分，58小題為兩分。

難易度：★★★★☆

57.

> (가) 공항에 가기 위해 지하철을 이용하는 사람이 많습니다.
> (나) 그리고 서울역에서 공항으로 바로 가는 빠른 열차도 있습니다.
> (다) 돈도 아끼고 시간도 절약할 수 있어서 일석이조입니다.
> (라) 왜냐하면 택시와 공항버스보다 가격이 더 저렴합니다.

① (가) – (라) – (나) – (다)
② (다) – (나) – (라) – (가)
③ (가) – (나) – (다) – (라)
④ (다) – (라) – (나) – (가)

模擬題解析

文本的中文意思如下：

> (가) 搭乘地鐵去機場的人很多。
> (나) 而且從首爾站有直達機場的快速列車。
> (다) 既省時又省錢可謂是一舉兩得。
> (라) 這是因為比起計程車和機場巴士，價格更便宜。

根據中文句義首先可以將第一句鎖定為（가），單純地介紹大家選擇搭乘地鐵去機場的這一現象。其次，（라）和（나）兩小句是對這種現象產生原因的說明。從「왜냐하면（因為）」和「그리고（而且）」這兩個連接詞可以得知（라）在前，（나）在後。最後的（다）句可以看作是對（라）句「돈을 아끼다（省錢）」和（나）句「시간을 절약하다（省時）」的總結。所以本小題的正確答案為①。

58.

(가) 또 눈을 깜박이거나 좌우로 움직이는 운동을 하는 것도 좋습니다.
(나) 학생들의 이런 습관은 눈에 스트레스를 줄 수 있어서 건강하지 않습니다.
(다) 그래서 화면을 20분을 봤다면 20초 이상 쉬는 시간을 가져야 합니다.
(라) 많은 대학생들은 오랜 시간 동안 컴퓨터나 핸드폰의 화면을 계속해서 봅니다.

① (나) – (라) – (다) – (가)
② (라) – (다) – (나) – (가)
③ (나) – (가) – (다) – (라)
④ (라) – (나) – (다) – (가)

模擬題解析

文本的中文意思如下：

(가) 另外，眨眨眼睛或者做左右動眼的運動也不錯。
(나) 學生們的這種習慣會給眼睛帶來壓力，不太健康。
(다) 所以看二十分鐘螢幕的話，需要有二十秒以上的休息時間。
(라) 很多大學生長時間持續盯著電腦或手機螢幕。

根據中文句義，首先可以將第一句鎖定為（라），介紹大學生有長時間使用電腦或手機的習慣。其次（나）句中的「이런 습관（這種習慣）」指代（라）句的內容，該句還進一步說明了「這種習慣」對眼睛的危害。最後（다）（가）兩句介紹了護眼的方法，從「또（另外、又、再）」一詞可以得知（다）句在前，(가)在後。故正確答案為④。

解題策略

解答此類題型的時候，可參考如下兩個解題策略。

- 策略一：先看選項，後讀句子

  為節省答題時間，並獲得選擇首句的提示，答題時建議先看四個選項。以上面58題為例，通過四個選項可以將首句範圍縮小在（나）和（라）兩句中。

- 策略二：借助連接詞，釐清句子之間的關係

  此類題型文本的一個重要特點是包含一至兩個連接詞，這些連接詞會成為解題的重要線索。

  一是句首包含連接詞的句子一般不會成為首句。如57題中，以「그리고（和、同時）」開頭的(나)句和以「왜냐하면（因為）」開頭的(라)句都無法成為首句。同樣58題中，以「또（另外、又、再）」開頭的(가)句和以「그래서（所以）」開頭的(다)句也無法成為首句。

  二是利用連接詞找出其前一句或後一句。如57題中，通過「왜냐하면」可知，上一句應該為「（地鐵）價格便宜」的結果。再如58題中，通過「그래서」可知，上一句應該為「看螢幕二十分鐘後，需要休息二十秒」的原因。

三、模擬試題

[1～3] 다음의 내용과 같은 것을 고르십시오.

1.

> (가) 커피는 사람들에게 좋은 기분을 주고, 집중력을 높여 주기 때문입니다.
> (나) 그러나 커피를 너무 많이 마시면 잠을 못 자게 될 수도 있습니다.
> (다) 많은 사람들이 커피를 좋아합니다.
> (라) 그래서 적당히 마시는 것이 좋습니다.

① (다) – (가) – (나) – (라)　　② (가) – (다) – (라) – (나)
③ (다) – (나) – (가) – (라)　　④ (가) – (라) – (다) – (나)

2.

> (가) 또한 직접 만든 음식은 건강에 좋고 비용을 절약할 수 있습니다.
> (나) 요리는 많은 사람들이 즐기는 활동입니다.
> (다) 요리를 통해 다양한 음식을 만들어 볼 수 있습니다.
> (라) 하지만 요리는 시간이 많이 걸릴 수 있어서 시간을 잘 관리해야 합니다.

① (다) – (나) – (가) – (라)　　② (나) – (가) – (다) – (라)
③ (다) – (가) – (나) – (라)　　④ (나) – (다) – (가) – (라)

3.

> (가) 사실 파란색으로 보이는 이유는 바닷물이 파란빛을 반사하기 때문입니다.
> (나) 물론 온도, 깊이 등 조건에 따라 바다가 다른 색깔로 보일 수도 있습니다.
> (다) 하지만 바닷물을 손에 담아서 보면 물처럼 투명하고 색깔이 없습니다.
> (라) 바다는 일반적으로 파란색으로 보입니다.

① (다) – (나) – (가) – (라)　　② (라) – (다) – (가) – (나)
③ (다) – (가) – (나) – (라)　　④ (라) – (가) – (다) – (나)

小知識補充：韓檢初級經常出現的連接詞

또	[並列、補充] 又、再、另外 어린이는 키가 작아서 운전할 때 잘 보이지 않습니다. 또 어린이들이 갑자기 도로로 나올 때도 있습니다. 孩子個子小，開車時不容易發現。另外，也有孩子會突然跑到馬路上。
하지만	[轉折] 但是、可是 오빠는 수학을 잘합니다. 하지만 영어는 잘 못합니다. 哥哥數學很棒，但是英文不太好。
그리고	[並列] 和、並且 누나는 외국에 유학을 갔습니다. 그리고 그곳에서 결혼을 했습니다. 姐姐去了國外留學，並在那裡結了婚。
그래서	[因果] 所以 차가 많이 막혔습니다. 그래서 제시간에 도착할 수 없었습니다. 路上大塞車，所以沒能準時到達。
그러나	[轉折] 但是、可是 저는 여행을 가고 싶습니다. 그러나 시간이 없어서 갈 수 없습니다. 我想去旅行，可是沒有時間去不了。
그런데	[轉折] 可是、然而 이 노트북은 아주 마음에 듭니다. 그런데 가격이 너무 비싸서 살 수 없습니다. 我很滿意這台筆記型電腦，可是價格太貴買不起。
그러면	[假設] 那樣的話 숙제를 빨리 합시다. 그러면 나가서 놀 수 있습니다. 快點寫完作業吧。那樣的話就可以出去玩了。
그러니까	[因果] 因此、所以 비밀을 꼭 지킬게요. 그러니까 얘기해 봐요. 我一定會保密的，所以跟我說吧。
그렇지만	[轉折] 但是、可是 형은 밤을 새웠습니다. 그렇지만 전혀 피곤해 보이지 않습니다. 哥哥熬了一整夜，但完全看不出有一絲倦意。

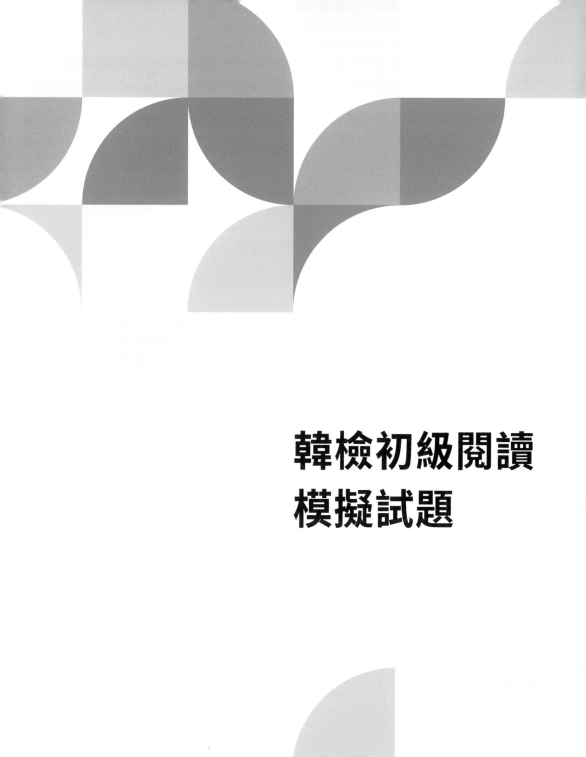

韓檢初級閱讀
模擬試題

※ **[31~33] 무엇에 대한 내용입니까? <보기>와 같이 알맞은 것을 고르십시오. (각 2점)**

<보기>

오늘은 수요일입니다. 내일은 목요일입니다.

① 날짜　　　② 휴일　　　❸ 요일　　　④ 장소

31.

저는 비빔밥을 좋아합니다. 오빠는 김치찌개를 좋아합니다.

① 시간　　　② 음식　　　③ 쇼핑　　　④ 취미

32.

저는 기자입니다. 한국 방송국에서 일합니다.

① 직업　　　② 나라　　　③ 여행　　　④ 위치

33.

생일에 엄마가 신발을 사 주셨습니다. 형은 케이크를 사 주었습니다.

① 방학　　　② 나이　　　③ 주말　　　④ 선물

※ **[34~39] <보기>와 같이 (　　)에 들어갈 말로 가장 알맞은 것을 고르십시오.**

<보기>

비가 옵니다. (　　)을 씁니다.

① 편지　　　❷ 우산　　　③ 수박　　　④ 지갑

34. (2점)

수업이 있습니다. (　　)에 갑니다.

① 병원　　　② 서점　　　③ 식당　　　④ 교실

35. (2점)

그릇이 더럽습니다. 그 그릇을 (   ) 주세요.

① 먹어   ② 신어   ③ 씻어   ④ 찍어

36. (2점)

김치가 (   ). 하지만 맛있습니다.

① 작습니다   ② 바쁩니다   ③ 맵습니다   ④ 예쁩니다

37. (3점)

우리 가족은 모두 부산에 삽니다. 저만 (   ) 서울에 있습니다.

① 물론   ② 혼자   ③ 다시   ④ 새로

38. (3점)

꽃이 많이 피었습니다. 그래서 공원에 가서 꽃을 (   ).

① 도착합니다   ② 축하합니다   ③ 구경합니다   ④ 초대합니다

39. (2점)

가방 안에 필통(   ) 책이 있습니다.

① 하고   ② 부터   ③ 에게   ④ 마다

※ [40~42] 다음을 읽고 맞지 않는 것을 고르십시오. (각 3점)

40.

<신발 할인 행사>
시간: 토요일 오후 1시부터 5시까지
장소: 할인마트 1층

① 행사는 오전에 있습니다.
② 할인마트에서 진행합니다.
③ 토요일에 합니다.
④ 할인된 신발을 살 수 있습니다.

41.

부드러운 녹차

제주도에서 온
맛있는 녹차!

설탕 30%

1500원

① 이 녹차는 부드럽습니다.
② 이 녹차는 부산에서 왔습니다.
③ 설탕이 들어가 있습니다.
④ 가격은 천 오백 원입니다.

42.

2024.10.16(수)

오늘 오랜만에 한국어 학원에 갔어요.
6개월 동안 한국어 공부를 안 해서 조
금 힘들었어요.
하지만 제가 잊어버린 부분을 선생님
이 친절하게 다시 가르쳐 주셨어요.
정말 감사했어요.

① 선생님이 친철하셨습니다.
② 한국어 수업이 너무 쉬웠습니다.
③ 저는 수요일에 학원에 갔습니다.
④ 저는 한국어 학원에 다닌 적이 있습니다.

※ [43~45] 다음을 읽고 내용이 같은 것을 고르십시오.

43. (3점)

> 제 언니는 지금 프랑스에 있습니다. 거기에서 한국어를 가르칩니다. 다음 달에 프랑스에서 결혼을 할 겁니다.

① 언니는 결혼을 했습니다.
② 언니는 한국어 선생님입니다.
③ 언니는 프랑스어를 배웁니다.
④ 언니는 다음 달에 한국에 옵니다.

44. (2점)

> 저는 등산을 아주 좋아합니다. 지난주에는 비가 와서 등산을 가지 못했습니다. 이번 주에는 우리 등산 동아리 친구들과 같이 설악산에 갈 겁니다.

① 저는 등산 동아리 회원입니다.
② 저는 지난주에 설악산에 갔습니다.
③ 저는 날씨가 안 좋아도 등산을 갑니다.
④ 저는 이번 주에 바빠서 등산을 못 갑니다.

45. (3점)

> 토요일마다 저는 학원에 가서 한국 요리를 배웁니다. 김밥도 만들고 불고기도 만들었습니다. 다음 주에는 제가 좋아하는 잡채를 배울 겁니다.

① 저는 집에서 한국 요리를 배웁니다.
② 김밥하고 잡채를 만들었습니다.
③ 불고기는 아직 배우지 못했습니다.
④ 다음 주 토요일에는 학원에 갈 겁니다.

※ [46~48] 다음을 읽고 중심 내용을 고르십시오.

46. (3점)

저는 한국 여행에 간 적이 있습니다. 하지만 나이가 너무 어릴 때라서 기억이 잘 안 납니다. 그래서 나중에 다시 가 볼 것입니다.

① 저는 한국을 좋아합니다.
② 저는 작년에 한국에 가 봤습니다.
③ 한국 여행이 재미있었습니다.
④ 저는 한국에 갈 계획이 있습니다.

47. (3점)

저는 휴대폰을 새로 사고 싶습니다. 지금 사용하고 있는 것은 너무 오래되었고 고장도 자주 납니다. 그래서 저는 빨리 휴대폰을 바꾸려고 합니다.

① 저는 새 휴대폰을 갖고 싶습니다.
② 저는 좋은 휴대폰을 찾고 있습니다.
③ 저는 휴대폰을 하는 것을 좋아합니다.
④ 저는 같은 색깔의 휴대폰을 살 겁니다.

48. (2점)

오늘 좋아하는 사람과 영화를 보러 가는 날입니다. 옷을 멋지게 입었고 미용실도 갔다 왔습니다. 매우 긴장되지만 데이트가 기대됩니다.

① 미용실에 또 가려고 합니다.
② 멋진 옷이 없어서 사러 가야 됩니다.
③ 너무 긴장돼서 영화의 내용이 기억이 안 납니다.
④ 오늘 좋아하는 사람을 만나는 날이라서 기분이 좋습니다.

※ [49～50] 다음을 읽고 물음에 답하십시오. (각 2점)

초등학교 때 선생님이 우리와 20년 뒤에 학교에서 보기로 약속했습니다. 20년이 지나 약속한 날이 왔습니다. 아무도 오지 않을 것 같았지만 (㉠). 그래서 학교로 갔습니다. 처음에는 저 혼자만 있었는데 10분이 지나 선생님과 초등학교 친구 8명이 나타났습니다. 정말 감동적이었습니다.

49. ㉠에 들어갈 알맞은 말을 고르십시오.

① 갈 수 있습니다.
② 가 보고 싶었습니다.
③ 간 적이 있습니다.
④ 가지 못했습니다.

50. 이 글의 내용과 같은 것을 고르십시오.

① 저는 학교에 가고 싶지 않았습니다.
② 선생님이 제일 먼저 도착했습니다.
③ 초등학교 친구들이 다 오지 않아서 슬펐습니다.
④ 선생님과 초등학교 친구들을 오랜만에 봐서 좋았습니다.

※ [51～52] 다음을 읽고 물음에 답하십시오.

한국에서 매달 마지막 수요일은 '문화가 있는 날'입니다. 이날에는 입장권을 안 사도 경복궁에 들어갈 수 있습니다. (㉠) 많은 미술관, 박물관에서 무료로 전시회를 즐길 수 있습니다. 이 외에도 영화관에서 할인을 해 줍니다. 영화를 좋아하는 사람이라면 기회를 놓치지 마십시오.

51. ㉠에 들어갈 말로 가장 알맞은 것을 고르십시오. (3점)

① 그리고   ② 그러면   ③ 그러니까   ④ 그렇지만

52. 무엇에 대한 내용인지 맞는 것을 고르십시오. (2점)

① '문화가 있는 날'을 만든 이유
② '문화가 있는 날'을 알리는 방법
③ '문화가 있는 날'에 볼 수 있는 영화
④ '문화가 있는 날'에 받을 수 있는 혜택

※ [53~54] 다음을 읽고 물음에 답하십시오.

> 저는 중학교 1학년 때 좋아하는 사람이 있었습니다. 그 사람은 같은 학교 2학년 선배였습니다. 말을 걸고 싶었지만 용기가 없었습니다. 연락처도 없어서 선배가 졸업한 후에도 연락할 수 없었습니다. 그런데 대학교 1학년 때 학교에서 그 선배를 다시 (㉠). 이번에는 꼭 용기를 내어 말을 걸 겁니다.

53. ㉠에 들어갈 알맞은 말을 고르십시오. (2점)

① 만나지 않았습니다.
② 만났기 때문입니다.
③ 만날 겁니다.
④ 만나게 되었습니다.

54. 이 글의 내용과 같은 것을 고르십시오. (3점)

① 저는 선배와 사귀고 있습니다.
② 저는 선배와 같은 고등학교를 다녔습니다.
③ 저는 선배의 연락처가 있지만 연락하지 않았습니다.
④ 저는 대학교를 다니기 전까지 선배한테 연락하지 못했습니다.

※ [55~56] 다음을 읽고 물음에 답하십시오.

> 우리 동네에는 오래된 서점이 하나 있었습니다. 어렸을 때에는 그 서점에 자주 가서 읽고 싶은 책들을 많이 샀습니다. 최근에는 인터넷에서 책을 더 싸게 살 수 있어서 (㉠). 그래서 작년에 그 서점 주인은 서점의 문을 잠시 닫고, 서점을 책을 읽을 수 있는 북카페로 만들었습니다. 지금 북카페는 매우 인기가 많은 곳이 되었습니다.

55. ㉠에 들어갈 말로 가장 알맞은 것을 고르십시오. (2점)

① 새로운 서점이 많이 생겼습니다.
② 책을 사는 사람이 많이 늘었습니다.
③ 서점에 가는 사람이 많이 줄었습니다.
④ 책을 안 읽는 사람이 많아졌습니다.

56. 윗글의 내용과 같은 것을 고르십시오. (3점)

① 저는 동네 서점에 가 본 적이 없습니다.
② 어릴 때 저는 독서를 좋아하지 않았습니다.
③ 서점 주인은 인터넷에서 책을 팝니다.
④ 북카페에 찾아가는 사람이 많습니다.

※ [57~58] 다음을 순서에 맞게 배열한 것을 고르십시오.

57. (3점)

> (가) 매일 아침 학원에 가야 해서 조금 힘들었습니다.
> (나) 저는 직접 운전해서 제주도 여행을 하고 싶습니다.
> (다) 그런데 오늘 운전 시험을 통과해서 기분이 아주 좋습니다.
> (라) 그래서 방학 동안 운전 학원을 다녔습니다.

① (가) – (다) – (나) – (라)
② (가) – (라) – (나) – (다)
③ (나) – (라) – (가) – (다)
④ (나) – (다) – (가) – (라)

58. (2점)

> (가) 월드컵공원은 하늘공원이라고 부르기도 합니다.
> (나) 올라가기 힘들지만 거기에서 멋진 경치를 볼 수 있습니다.
> (다) 왜냐하면 다른 공원보다 높은 곳에 있기 때문입니다.
> (라) 서울에 위치한 월드컵공원은 2002년에 만들어졌습니다.

① (가) – (라) – (나) – (다)
② (가) – (다) – (나) – (라)
③ (라) – (나) – (다) – (가)
④ (라) – (가) – (다) – (나)

※ [59~60] 다음을 읽고 물음에 답하십시오.

> 저는 한국에 온 지 벌써 반년이 되었습니다. 처음에는 한국어도 잘 못하고 친구도 없어서 너무 외로웠습니다. (㉠) 그러나 지금은 한국어로 저의 생각을 자신 있게 말할 수 있습니다. (㉡) 그리고 운동을 좋아하는 친구를 많이 사귀었습니다. (㉢) 남은 유학 생활도 즐겁고 보람차게 보내려고 합니다. (㉣)

59. 다음 문장이 들어갈 곳으로 가장 알맞은 것을 고르십시오. (2점)

> 우리는 토요일마다 학교 운동장에서 축구를 합니다.

① ㉠   ② ㉡   ③ ㉢   ④ ㉣

60. 윗글의 내용과 같은 것을 고르십시오. (3점)

① 저는 지금 한국에서 유학하고 있습니다.
② 저는 한국에 오기 전부터 한국어를 잘합니다.
③ 친구들은 주말에 축구를 할 시간이 없습니다.
④ 친구들은 저에게 한국어를 가르쳐 주었습니다.

※ [61~62] 다음을 읽고 물음에 답하십시오. (각 2점)

> 저는 며칠 전에 백화점에 갔습니다. 사람이 정말 많았습니다. 백화점에는 옛날처럼 옷만 팔지 않습니다. 요즘 백화점에는 화려한 카페들도 많고 식당도 많습니다. 하지만 저를 (㉠) 한 것은 백화점 안에 수영장이 있었다는 것이었습니다. 수영장이 있는 백화점이 처음 봐서 정말 신기했습니다.

61. ㉠에 들어갈 알맞은 말을 고르십시오.

① 놀라게
② 실망하게
③ 복잡하게
④ 편하게

62. 이 글의 내용과 같은 것을 고르십시오.

① 대부분의 백화점에 수영장이 있습니다.
② 옛날부터 백화점에 식당이 많습니다.
③ 백화점에서 커피도 마실 수 있고 밥도 먹을 수 있습니다.
④ 백화점에서 처음으로 수영을 해 봐서 재미있었습니다.

※ [63~64] 다음을 읽고 물음에 답하십시오.

아파트 엘리베이터 공사 안내

우리 아파트 엘리베이터 공사를 다음 주 수요일과 목요일에 할 예정입니다.
공사 기간에는 엘리베이터를 이용하실 수 없습니다.

*공사 날짜: 2024년 10월 23일(수) & 2024년 10월 24일(목)
*공사 시간: 10:00 ~ 16:00 (6시간)

2024년 10월 14일(월)
아파트 관리사무실

63.
왜 이 글을 썼는지 맞는 것을 고르십시오. (2점)

① 공사 일정을 바꾸려고
② 공사 일정과 시간을 알리려고
③ 공사 시간을 물어보려고
④ 공사 내용을 설명하려고

64.
이 글의 내용과 같은 것을 고르십시오. (3점)

① 공사는 월요일에 시작합니다.
② 엘리베이터 공사는 8시간 동안 합니다.
③ 10월 23일 오후 3시에 엘리베이터를 이용할 수 있습니다.
④ 공사는 수요일과 목요일에 합니다.

※[65~66] 다음을 읽고 물음에 답하십시오.

> 저는 아침에 일어나면 항상 배가 고픕니다. 그래서 아침 식사로 빵과 우유를 매일 먹습니다. 그런데 늦게 일어나거나 특별한 일 때문에 아침 식사를 못 하는 경우가 생깁니다. 아침 식사를 못 먹을 경우에 저의 하루는 (㉠) 기분이 안 좋은 상태에서 시작합니다. 그래서 아침 식사는 저에게 매우 중요합니다. 밤에 잘 때 내일 아침식사를 먹을 생각에 매우 행복할 정도입니다.

65. ㉠에 들어갈 알맞은 말을 고르십시오. (2점)

① 피곤하고
② 피곤한 후에
③ 피곤하지만
④ 피곤하려고

66. 이 글의 내용과 같은 것을 고르십시오. (3점)

① 늦게 일어날 때에도 아침을 꼭 먹습니다.
② 내일 아침을 먹을 생각에 행복합니다.
③ 아침 식사로 빵과 우유를 가끔 먹습니다.
④ 아침을 먹지 않으면 몸이 가벼워집니다.

※ [67~68] 다음을 읽고 물음에 답하십시오. (각 3점)

> 잠이 부족하면 집중하기가 어렵고, 여러 가지 병에 걸릴 수도 있습니다. 평일에는 공부나 일 때문에 잠을 충분히 자지 못하고 주말에는 늦게 일어나는 사람이 많습니다. 그러나 지나치게 많이 자는 것도 건강에 나쁜 영향을 줄 수 있습니다. 많은 시간을 자면 몸을 움직일 시간이 줄어들어서 (㉠) 기분이 우울해집니다. 건강을 위해 하루 7~8시간을 자는 것을 추천해 드립니다.

67. ㉠에 들어갈 말로 가장 알맞은 것을 고르십시오.

① 화를 내거나
② 살이 찌거나
③ 다리를 다치거나
④ 배가 아프거나

68. 윗글의 내용과 같은 것을 고르십시오.

① 하루에 열 시간을 자면 좋습니다.
② 쉬는 날에 잠을 많이 자야 합니다.
③ 공부나 일은 평일에 해야 합니다.
④ 잠 자는 시간은 건강에 영향을 줍니다.

※ [69~70] 다음을 읽고 물음에 답하십시오. (각 3점)

> 저는 지하철보다 버스를 타는 것을 더 좋아합니다. 지하철을 타면 계단 또는 에스컬레이터로 많이 오르고 내려가야 합니다. 반대로 버스 정류장은 보통 1층에 있어서 타기가 더 편합니다. 그런데 버스는 지하철처럼 (㉠) 오지 않습니다. 한 번 놓치면 오래 기다려야 되는 경우도 있습니다.

69. ㉠에 들어갈 알맞은 말을 고르십시오.

① 사람이 없어서
② 편하고 깨끗하게
③ 시간표에 맞춰서
④ 의자가 있고 편리하게

70. 이 글의 내용으로 알 수 있는 것을 고르십시오.

① 저는 지하철이 더 좋습니다.
② 버스를 타면 할인이 있습니다.
③ 버스 안은 조금 더럽습니다.
④ 지하철은 보통 1층에 있지 않습니다.

參考答案＋解析

WEEK 1, DAY 1

1. (1) 날씨 天氣　　(2) 현우 賢宇（音譯）/
　　씨 先生、小姐 / 여행 旅行

　　(3) 저 我（自謙）/ 키 身高 /　　(4) 우리 我們 / 반 班 / 영어 英文 /
　　농구 籃球　　　　　　　　　　선생님 老師 / 미국 美國 /
　　　　　　　　　　　　　　　　사람 人

　　(5) 이번 這次 / 여름 夏天 /
　　방학 假期 / 친구 朋友 /
　　서울 首爾

2. (1) 빵(을)　(2) 숙제　(3) 책(이)　(4) 공항

3. (1) ②　　(2) ③　　(3) ①　　(4) ②　　(5) ①　　(6) ②

WEEK 1, DAY 2

1. (1) 닫다 關　　　　　　　(2) 먹다 吃 / 마시다 喝

　　(3) 자르다 剪 / 가다 去　　(4) 초대하다 邀請、招待 /
　　　　　　　　　　　　　　　하다 做、舉辦

　　(5) 만들다 做、製作 / 팔다 賣

2. (1) ②　　　(2) ③　　　(3) ①

3. (1) 사진을 찍습니다.　　　　(2) 버스를 탑니다./ 지하철을 탑니다.
　　　　　　　　　　　　　　　핸드폰을 봅니다./ 핸드폰을 합니다.

　　(3) 축구를 합니다.　　　　(4) 책을 읽습니다.

WEEK 1, DAY 3

1. (1) 따뜻하다 溫暖　　　　(2) 건강하다 健康

	(3) 아프다 痛	(4) 그 那、那個 / 착하다 善良
	(5) 새 新 / 좋다 好	(6) 좋다 好 / 아름답다 美麗
2.	(1) 바쁩니다	(2) 시끄럽습니다
	(3) 비쌉니다	(4) 짧습니다
	(5) 시원합니다	
3.	(1) 춥습니다	(2) 큽니다
	(3) 좁습니다	(4) 무겁습니다
	(5) 지루했습니다 / 재미없었습니다	

WEEK 1, DAY 4

1.	(1) 다시 再次	(2) 오래 很久
	(3) 보통 通常 / 일찍 及早	(4) 너무 太 / 많이 多
	(5) 많이 很 / 그래서 所以	

2.	(1) 너무	(2) 제일	(3) 서로	(4) 빨리	(5) 별로
3.	(1) 안	(2) 못	(3) 못	(4) 안	

WEEK 1, DAY 5

1.	(1) 이것 這個	(2) 저것 那個 / 무엇 什麼
	(3) 저 我 / 여기 這裡	(4) 그녀 那個女生 / 나 我
	(5) 우리 我們 / 그곳 那裡	

2.	(1) 언제	(2) 누구	(3) 무엇(을) / 뭐(를)	(4) 어디(를)
3.	(1) 스카프	(2) ① 드라마 ② 섬		

WEEK 1, DAY 6

1. (1) 사십 (2) 일곱 (3) 백이십팔 (4) 스물 (5) 이십오

2. (1)자동차 한 대입니다. (2)학생 네 명입니다.

(3)양말 두 켤레입니다. (4)책 여섯 권입니다.

(5)밥 세 그릇입니다.

3. (1) 이천육; 스물한; 삼; 시 / 이십칠; 세 / 삼십

(2) ① 오늘은 시월 이십육일입니다.

② 네 명입니다.

WEEK 1, DAY 7

1.③ 2.① 3.③ 4.④ 5.②

6.① 7.② 8.④ 9.② 10.④

WEEK 2, DAY 1

1. (1) 이 (2) 을 (3) 가 (4) 를 (5) 가

2. (1) 노래를 들어요. / 음악을 들어요. (2) 봄을 좋아해요.

(3) 비빔밥을 먹었어요. (4) 신발을 살 거예요.

3. （答出其中五項即可）

(1) 키가 커요/작아요. (2) 머리가 길어요/짧아요.

(3) 눈이 커요/작아요. (4) 코가 높아요/낮아요.

(5) 입이 커요/작아요. (6) 귀가 커요/작아요.

(7) 팔이 길어요/짧아요. (8) 손이 커요/작아요.

(9) 다리가 길어요/짧아요. (10) 발이 커요/작아요.

WEEK 2, DAY 2

1.   (1) 에   (2) 부터   (3) 에서   (4) 까지   (5) 에/에서

2.   (1) 기숙사에서   (2) 편의점에

       (3) 식당에서   (4) 은행에서

3.   (1) 오전 9시부터 12시까지 도서관에서 공부합니다.

       (2) 오후 12시 10분부터 12시 45분까지 학생 식당에서 점심을 먹습니다.

       (3) 오후 1시부터 5시까지 편의점에서 아르바이트를 합니다.

       (4) 저녁 6시부터 7시 50분까지 카페에서 친구를 만납니다.

       (5) 저녁 8시 40분부터 10시까지 헬스장에서 운동을 합니다.

WEEK 2, DAY 3

1.   (1) 로   (2) 에서   (3) 께/에게   (4) 으로   (5) 이/께서 ; 에게/한테

2.   (1) 언니에게 화장품을 선물할 거예요.

       (2) 오빠에게 청바지를 선물할 거예요.

       (3) 여동생에게 책가방을 선물할 거예요.

       (4) 남자 친구에게 운동화를 선물할 거예요.

3.   (1) 식당이 지하에 있어요. 지하 1층으로 내려가세요.

       (2) 운동화는 4층에서 살 수 있어요. 4층으로 올라가세요.

       (3) 화장품은 1층에서 살 수 있어요. 1층으로 내려가세요.

       (4) 서점은 5층에 있어요. 5층으로 올라가세요.

WEEK 2, DAY 4

1.   (1) 저것은 한국어 책입니다.

       (2) 여기는 도서관입니다.

       (3) 동대문 시장은 서울에 있습니다.

       (4) '이순신 장군'은 한국의 영웅입니다.

2. (1) 밖은 춥지만 안은 따뜻합니다.

(2) 형은 키가 크지만 동생은 키가 작습니다.

(3) 지금 한국은 겨울이지만 호주는 여름입니다.

(4) 서울에는 눈이 왔지만 제주도에는 눈이 오지 않았습니다.

3. 한국(은) 봄, 여름, 가을, 겨울 사계절이 있습니다.

봄은 따뜻하지만 바람이 많이 붑니다. 봄에는 꽃(이) 많이 피어서 사람들이 꽃구경을 하러 갑니다.

여름에(는) 덥습니다. 그리고 6월 말에서 7월 초까지는 장마철이라서 비(가) 많이 옵니다. 장마철이 끝나면 여름 휴가(가) 시작됩니다. 한국 사람들은 보통 산이나 바다로 휴가를 갑니다.

한국의 가을 날씨(는) 선선합니다. 가을 하늘은 높고 맑아서 아름답습니다. 사람들은 단풍 구경을 하기 위해 등산을 많이 갑니다.

겨울에는 춥고 눈(이) 옵니다. 특히 강원도(는) 눈이 많이 와서 사람들이 스키를 타러 많이 갑니다.

【題目中譯】

韓國有春、夏、秋、冬四季。

春天很暖和，但是風很大。 這時花朵盛開，人們常常出門賞花。

夏天非常炎熱。而且6月底到7月初是梅雨季，常常下雨。 梅雨季結束後，夏季假期隨之開始。 韓國人通常會去山裡或海邊度假。

韓國的秋天涼爽宜人。天空又高又晴朗，十分美麗。人們為了賞楓經常去爬山。

冬天則非常寒冷，經常下雪。 尤其是江原道雪下得很大，所以很多人會去滑雪。

WEEK 2, DAY 5

1. (1) 만   (2) 밖에   (3) 도   (4) 은   (5) 마다

2. (1) ③   (2) ①   (3) ③

3.   (1) 사람마다   (2) 선생님도

           (3) 3일밖에   (4) 일요일에만

WEEK 2, DAY 6

1.   (1) 한테   (2) 으로   (3) 이나   (4) 과   (5) 과; 을

2.   (1) 커피나 주스를 마시고 싶어요.   (2) 공연이나 영화를 볼 거예요.

           (3) 김치찌개나 부대찌개를 먹읍시다.   (4) 중국이나 미국에 가고 싶어요.

3.   （此為開放式問題，答案僅供參考）

           (1) 저는 한우와 냉면을 먹고 싶어요.

           (2) 저는 농구와 축구를 잘해요.

           (3) 백화점에 가서 정장과 운동화를 사고 싶어요.

           (4) 부모님과 친구에게 전화하고 싶어요.

WEEK 2, DAY 7

1. ③   **2.** ③   **3.** ②

WEEK 3, DAY 1

1.   (1) 탑니다   (2) 만듭시다

           (3) 좋아합니까   (4) 시킵시다

           (5) 마십시오

2.   (1) 한국에 언제 가요?   (2) 여기에 이름과 주소를 쓰세요.

           (3) 주말에 같이 영화를 봐요.   (4) 언니는 한국 노래를 매일 들어요.

           (5) 영화관 앞에서 친구를 기다려요.

3. 　　　序號　　　　　　　　✓ / ✗　　　修改內容

　　　① 마셔요　　　　　　　　✗　　　　먹어요

　　　② 가아요　　　　　　　　✗　　　　가요

　　　③ 불러요　　　　　　　　✗　　　　읽어요

　　　④ 사요　　　　　　　　　✓

　　　⑤ 씻어요　　　　　　　　✗　　　　봐요

WEEK 3, DAY 2

1. 　(1) 닫을게요　　　　　　　　　　(2) 마실래요; 마실까요

　(3) 갈래요

2. 　(1) ②　　　(2) ①　　　(3) ④

3. 　(1) ㄷ　　　(2) ㅁ　　　(3) ㄱ　　　(4) ㅂ　　　(5) ㄴ

WEEK 3, DAY 3

1. 　(1) ①　　　(2) ②　　　(3) ③

2. 　(1) ③

　【解析】表示「原因、理由」的「-아/어/여서」不能與勸誘型語尾、命
　　　　　令型語尾、以及詢問對方意見的「-ㄹ/을까요」等一起使用。

　(2) ④

　【解析】形容詞「바쁘다（忙）」後接元音開頭的語尾時，會發生
　　　　　「ㅡ」脫落現象。所以「바쁘다」後接「-아/어/여서」的正確
　　　　　形態應為「바빠서」，而不是「바쁘어서」。

3. 　(1) 일어나서　　　　　　　　　　(2) 서울에서 살고

　(3) 길이 막히니까 / 차가 막히니까 /　(4) 한국어 선생님이고
　　　차가 많으니까

WEEK 3, DAY 4

1. (1) ①   (2) ③   (3) ④

2. (1) 한국에 가려고

(2) 비빔밥을 먹으러

(3) 시간이 이르지만 / 이른 시간이지만 / 시간이 이른데 / 이른 시간인데

(4) 교실이 시끄러우면 / 교실이 시끄러워서

3. (1) ④   (2) 중요하지만

(3) 알면

WEEK 3, DAY 5

1. (1) ②   (2) ④   (3) ③

2. 語病項   修改內容

③   우리는 부산에서 바다도 보고 맛있는 생선 요리도 많이 먹었습
니다.

3. (1) 닫으셨어요 / 닫으셨습니다

(2) 이기겠습니다

(3) 사귀었다 / 사귀었어 / 사귀었어요 / 사귀었습니다

(4) 주문하시겠습니까

(5) 줄었다 / 줄었어 / 줄었어요 / 줄었습니다

WEEK 3, DAY 6

1. (1) ②

2. (1) ③

【解析】「있다/없다」後面的冠形詞型語尾只用「-는」，所以選項③的正確表達應為「어제 냉장고에 있는 우유를 마셨어요.」。

(2) ④

【解析】穿鞋子、穿襪子的動詞「穿」使用「신다」，「입다」用於穿衣服、穿褲子。所以選項四的正確表達應為「회색 운동화를 신은 사람이 제 동생이에요.」。

3. (1) 재미있는　　(2) 매운　　(3) 많은　　　(4) 따뜻한

(5) 드릴　　(6) 드는　　(7) 행복한

WEEK 3, DAY 7

1. ③　　　**2.** ②　　　**3.** ②　　　**4.** ③

WEEK 4, DAY 1

1. (1) 엽니다　(2) ②　　(3) ③

【題目中譯】江陵市在每年10月會舉辦「江陵咖啡節」。在這個慶典中不僅可以品嚐到各國的咖啡，還能參加各式各樣的體驗活動。尤其是今年的慶典還準備了介紹咖啡歷史的講座和親自製作咖啡的課程。提前線上申請的話即可免費參加。

WEEK 4, DAY 2

1. (1) ③　　(2) ④　　(3) ①

【題目中譯】我從大學一年級開始就加入了攝影社團。對我而言,拍照是保留珍貴瞬間的一種方法。平時不論是美麗的風景,還是好吃的食物我都想要用照片記錄下來。假期有時間也會和朋友們去旅拍。到現在為止,我都是用手機拍,今年暑假去旅行之前,我想送給自己一台好相機。

WEEK 4, DAY 3

1.　　　(1) ①　　　(2) ④　　　(3) ②

【題目中譯】首爾市正在提供「首爾爸爸媽媽計程車」服務。「首爾爸爸媽媽計程車」是一項讓父母可以和孩子一起舒適外出的服務,適用於有24個月大嬰幼兒的家庭。由於市民的廣泛使用,首爾市決定擴大這項服務。

WEEK 4, DAY 4

1.　　　(1) ③　　　(2) ③　　　(3) ③

【題目中譯】水有一個比我們想像中還要更有趣的特徵。那就是每當我們喝水、洗澡或因其他事情使用水時,地球上的水量並不會因此增加或減少。因為水的總量永遠都是一樣的。但並不是地球上所有的水我們都能使用。我們能用的水是有限的,因此必須要節約用水。

WEEK 4, DAY 5

1.　　　(1) ①　　　(2) ②　　　(3) ③

【題目中譯】今天是久違地與韓國朋友見面的日子。但是前一天晚上暖氣突然壞了，所以睡覺時很冷，直到半夜都無法入眠。結果第二天睜開眼睛時，已經超過了約定好的時間。我怕朋友等太久，想快點趕過去，但是頭痛到動不了。不得已只好取消這次的約。幸好朋友個性善良，理解並原諒了我。

WEEK 4, DAY 6

1.　　　　(1) ③　　　　(2) 운동하는　　　　(3) ④

【題目中譯】你有花過大錢購買化妝品來保持皮膚年輕嗎？其實只要養成良好的生活習慣，就能打造出漂亮的肌膚。首先，不要熬夜，晚上要保證充足的睡眠。再來是吃富含維生素的水果和蔬菜，吃魚類和堅果也有幫助。此外，壓力會對皮膚產生不良影響，所以保持良好的心情也非常重要。最後，下班後不要宅在家裡躺著，做運動也是很好的方法。

WEEK 4, DAY 7

1.①　　　　2.④　　　　3.②

韓檢初級閱讀模擬試題解答＋解析

題號	答案	配分	題號	答案	配分
31	②	2	51	①	3
32	①	2	52	④	2
33	④	2	53	④	2
34	④	2	54	④	3
35	③	2	55	③	2
36	③	2	56	④	3
37	②	3	57	③	3
38	③	3	58	④	2
39	①	2	59	③	2
40	①	3	60	①	3
41	②	3	61	①	2
42	②	3	62	③	2
43	②	3	63	②	2
44	①	2	64	④	3
45	④	3	65	①	2
46	④	3	66	②	3
47	①	3	67	②	3
48	④	2	68	④	3
49	②	2	69	③	3
50	④	2	70	④	3

31. 題幹的意思為「我喜歡拌飯，哥哥喜歡泡菜鍋。」四個選項中的名詞及中文意思如下所示：

選項	①	②	③	④
	시간	음식	쇼핑	취미
中文意思	時間	食物	購物	興趣愛好
備註	漢字詞； 時間	漢字詞； 飲食	外來語； shopping	漢字詞； 趣味

從題幹中的名詞「비빔밥（拌飯）」、「김치찌개（泡菜湯）」可知句子表達的內容與「음식（食物、飲食）」相關，答案為②。

---

32. 題幹的意思為「我是記者，在韓國電視台工作。」四個選項中的名詞及中文意思如下所示：

選項	①	②	③	④
	직업	나라	여행	위치
中文意思	職業	國家	旅行	位置
備註	漢字詞； 職業	固有詞	漢字詞； 旅行	漢字詞； 位置

從題幹中的名詞「기자（記者）」、「방송국（電視台）」和動詞「일하다（工作）」可知句子表達的內容與「직업（職業）」相關，答案為①。

---

33. 題幹的意思為「生日那天，媽媽買了鞋子給我，哥哥買了蛋糕給我。」四個選項中的名詞及中文意思如下所示：

選項	①	②	③	④
	방학	나이	주말	선물
中文意思	放假、假期	年齡	週末	禮物

備註	漢字詞； 放學	固有詞	漢字詞； 週末	漢字詞； 膳物

從題幹中的名詞「생일（生日）」、「신발（鞋子）」、「케이크（蛋糕）」和動詞詞組「사 주다（買給）」可知句子表達的內容與「선물（禮物）」相關，答案為④。

34. 題幹的意思為「有課，去（　　）」。四個選項中的名詞及中文意思如下所示：

選項	①	②	③	④
	병원	서점	식당	교실
中文意思	醫院	書店	餐廳	教室
備註	漢字詞； 病院	漢字詞； 書店	漢字詞； 食堂	漢字詞； 教室

此題的解題關鍵詞為「수업（課程）」，與上課直接相關的場所僅有「교실（教室）」，答案為④。

35. 題幹的意思為「碗很髒，請（　　）這個碗」。四個選項中的動詞及中文意思如下所示：

選項	①	②	③	④
	먹다	신다	씻다	찍다
中文意思	吃	穿 （鞋、襪）	洗	拍（照）、 印
備註	固有詞	固有詞	固有詞	固有詞

此題的解題關鍵詞為「더럽다（髒）」。前句說明「碗很髒」，後面命令

句的動詞使用「씻다」符合前後邏輯。並且選項①②④的動詞均無法與「그릇（碗）」搭配使用，故答案為③。

---

36. 題幹的意思為「泡菜（　　），但是好吃」。四個選項中的形容詞及中文意思如下所示：

選項	①	②	③	④
	작다	바쁘다	맵다	예쁘다
中文意思	小	忙	辣	漂亮
備註	固有詞	固有詞	固有詞	固有詞

此題的解題關鍵詞為名詞「김치（泡菜）」和形容詞「맛있다（好吃）」，同時透過第二句句首的「하지만（但是）」可以得知，前一句的內容可能也與泡菜的口味相關，四個選項中可以用來描述味道的形容詞只有③。

---

37. 題幹的意思為「我的家人全都住在釜山，只有我（　　）在首爾」。四個選項中的副詞及中文意思如下所示：

選項	①	②	③	④
	물론	혼자	다시	새로
中文意思	當然	一個人、獨自	再次、又	重新、又
備註	漢字詞；勿論	固有詞	固有詞	固有詞

此題可以在理解前句的基礎上，並透過把握後句的關鍵訊息「저만（只有我）」，將答案鎖定於②「혼자（一個人、獨自）」。

---

38. 題幹的意思為「鮮花盛開，所以去公園（　）花」。四個選項中的動詞及中文意思如下所示：

選項	①	②	③	④
	도착하다	축하하다	구경하다	초대하다
中文意思	到達	祝賀	觀賞、遊玩	邀請、招待
備註	到着하다	祝賀하다	固有詞	招待하다

前句提供了「鮮花盛開」的背景，可知後句引出的結果應與「花」有關。同時後句中出現「공원에서（在公園）」這一具體場所，由此可以聯想到「賞花」這一活動，即「꽃을 구경하다」，故答案為③。其他三個選項的動詞均無法與「꽃（花）」搭配使用。

39. 題幹的意思為「包包裡有鉛筆盒（　）書」。此題測試的是基本助詞的用法，其中選項①的「하고」用於連接兩個或兩個以上的名詞或代名詞，表示「和」。「필통하고 책」意為「鉛筆盒和書」，符合語義。選項②的「부터」主要用來表示時間或地點的起點，如「8시부터 한국어를 공부합니다.（從8點開始讀韓語）」。選項③的「에게」主要用來表示行動的目標、對象或範圍，相當於中文的「向、給、對」等，如「남동생이 고양이에게 밥을 줍니다.（弟弟餵小貓吃飯）」。最後選項④的「마다」相當於中文的「每」，如「사람마다 성격이 다릅니다.（每個人的性格都不一樣）」。

40. 題目的中文意思如下：

<鞋子特價活動>
時間：星期六下午1點～5點
地點：特價超市一樓

選項②的意思為「在特價超市舉辦」，與題目中「地點」相符。選項③的意思為「在星期六舉辦」，與題目中「時間」相符。選項④的意思為「可以買到特價的鞋子」，與題目大標題相符。而選項①的意思為「活動在上午」，但題目中的「時間」中顯示「오후（下午）」，兩者內容不符，故正確答案為①。

---

41. 題目的中文意思如下：

> # 滑順爽口的綠茶
> 來自濟州島的好喝綠茶！
> 糖 30%
> 1500元

選項①的意思為「這個綠茶很滑順爽口」，與題目中產品名相符。選項③的意思為「有含糖」，可以看到題目中有寫到「糖30%」，可以知道此飲料是有含糖的。選項④的意思為「價格為1500元」，與題目內容相符。而選項②的意思為「這個綠茶是從釜山來的」，與題目中的「來自濟州島的好喝綠茶」有所出入，故正確答案為②。

---

42. 題目的中文意思如下：

> 2024.10.16（三）
> 今天久違地去了韓語補習班。
> 六個月沒念韓語了，所以有點吃力。
> 但是老師親切地重新教了我忘記的部分。
> 真的很感謝。

選項①的意思為「老師很親切」，與題目內容相符。選項③的意思為「我週三去了補習班」，可以看到題目日期後面有標示「三」，並且內文中有寫到「今天」，因此可得知選項與題目內容相符。選項④的意思為「我曾經上過韓語補習班」，可以看到題目第一句寫道「久違地去了」，因此可以判斷之前也有去過補習班。而選項②的意思為「韓語課太簡單了」，與題目中的「有點吃力」不符，故正確答案為②。

43.　　題目的中文意思如下：

> 我姐姐現在在法國。她在那裡教韓語。下個月她將在法國結婚。

選項①的意思為「姐姐已經結婚」，題目中的最後一句話明確說明「姐姐下個月將要結婚」，故選項①與題目內容不符。選項③的意思為「姐姐在學法文」，題目中只提及「姐姐人在法國」，但並未涉及學習法文的相關內容，故選項③也與題目內容不符。選項④的意思為「姐姐下個月將要來韓國」，題目中只提及姐姐下個月會在法國結婚，至於是否來韓無從可知。最後選項②「姐姐是韓國語老師」與題目的第二句話內容相符，故正確答案為②。

44.　　題目的中文意思如下：

> 我非常喜歡登山。上週因為下雨沒能去登山。這週將和我們登山社團的朋友們一起去雪嶽山。

選項①的意思為「我是登山社團的成員」，從題目最後一句中的「우리 등산 동아리（我們登山社團）」可以得知選項①的內容正確。選項②的意思為「我上週去了雪嶽山」，與題目第二句「上週沒能去登山」不

相符。選項③的意思為「即使天氣不好，我也會去登山」，也與題目第二句的內容不相符。最後選項④的意思為「我這週很忙，沒辦法去登山」，與題目最後一句「這週打算去雪嶽山」的內容不符。

45. 題目的中文意思如下：

每週六我去補習班學做韓國料理。不僅做了海苔飯捲，還做了烤牛肉。下個星期要學做我最喜歡的韓式炒冬粉。

選項①的意思為「我在家學習韓國料理」，題目第一句話指出學習的地點是「학원（補習班）」，故選項①與題目內容不符。選項②的意思為「做了海苔飯捲和韓式炒冬粉」，從題目最後一句「下週學做韓式炒冬粉」可以得知，目前還沒有做過「韓式炒冬粉」，故選項②也與題目內容不符。選項③的意思為「還沒有學做過炒牛肉」，與題目第二句「已經做過海苔飯捲和炒牛肉」不符。最後選項④的意思為「下週六要去補習班」，題目第一句提到「每週六去補習班學做韓國料理」，故正確答案為④。

46. 題目的中文意思如下：

我有去韓國旅行過。但是當時年紀太小了，沒什麼記憶，所以打算在大學畢業前再去一次。

選項①的意思為「我喜歡韓國」，題目中並無提到相關內容，故選項①非正確答案。選項②的意思為「我去年有去韓國」，但題目中提到「當時年紀太小，沒什麼記憶」，可推斷上次去韓國並不是近期的事，故選項②非正確答案。選項③的意思為「韓國旅行很好玩」，這與題目的第二句「沒什麼記憶」不符。最後選項④的意思為「之後有計畫去韓國」，

與題目提到的「雖然去過，但因為沒什麼記憶，所以打算再去一次」的意義相符，故正確答案為④。

47. 題目的中文意思如下：

> 我想買一支新的手機。現在用的太舊了，而且常常故障，所以我想趕快換手機。

選項②的意思為「我在找一支好的手機」，題目中只有提到「新的手機」，故選項②與題目內容不符。選項③「我喜歡滑手機」及選項④「我會買一樣顏色的手機」，皆為題目中未提到相關內容，故兩者非正確答案。而選項①的意思為「我想要一支新手機」，與題目中三句意思皆相扣，故正確答案為①。

48. 題目的中文意思如下：

> 今天是和喜歡的人去看電影的日子。我穿得很帥氣，還去了髮廊。雖然很緊張，但是很期待約會。

選項①的意思為「我打算再去一次髮廊」，題目中並無提到相關內容，故選項①非正確答案。選項②的意思為「因為沒有帥氣/好看的衣服，所以要去買」，也是題目中無提到的內容，故選項②非正確答案。選項③的意思為「因為太緊張，所以想不起電影的內容」，而由題目可以知道他們還沒去看電影，故選項③非正確答案。最後選項④的意思為「今天是見喜歡的人的日子，所以心情很好」，與題目提到的「用心打扮」、「很期待」意義相通，故正確答案為④。

49～50. 題目的中文意思如下：

> 小學時，老師與我們相約20年後在學校見。後來經過了20年，約定的日子到了。雖然感覺沒人會來，但（ㄱ），於是就去了學校。剛開始只有我一個人，但10分鐘後老師和8個小學同學出現了，真的非常感動。

49. 由「-지만」可以得知ㄱ的前後句為轉折關係。選項①的意思為「可以去」，選項②的意思為「想要去看看」，選項③的意思為「有去過」，選項④的意思為「無法去」。因此可以知道正確答案為選項②「雖然感覺沒人會來，但仍然想要去看看」。

50. 選項①為「我並不想去學校」，選項②為「老師是第一個到的」，選項③為「國小同學沒有全部都來所以很傷心」，均與短文內容不符。選項④「好久沒見到老師和小學同學們了，所以很開心」與短文最後一句「非常感動」意義相通，因此可知選項④為正確答案。

51～52. 題目的中文意思如下：

> 在韓國，每個月最後一個星期三是「文化日」，這一天即使不買門票也可以進入景福宮。（ㄱ）在很多美術館、博物館也可以免費看展。另外，電影院也都會有折扣，喜歡電影的朋友不要錯過機會了。

51. ㄱ的前後句為並列關係，在文化日可以不買門票進入景福宮，也可以在很多美術館、博物館看展。選項①「그리고」表示「和、並且」，為正確答案。選項②「그러면」表示「那樣的話、那就」，如「빨리 숙제를 끝내자. 그러면 게임을 할 수 있어. (我們快點把作業寫完吧，那樣就可以玩遊戲

了）」。選項③「그러니까」表示「也就是、所以」，如「내일은 토요일이에요. 그러니까 늦게까지 자도 돼요. (明天是星期六，也就是說，可以睡晚一點)」。選項④「그렇지만」表示「即便是那樣、但是」，如「그 식당은 맛있어요. 그렇지만 가격이 너무 비싸요. (那家餐廳很好吃，但是價格太貴)」。

52. 選項①為「創造文化日的理由」，選項②為「宣傳文化日的方法」，選項③為「文化日可以看的電影」，短文中均未提及相關內容。透過短文的中文翻譯可知，選項④「文化日可以獲得的優惠」為正確答案。

53~54. 題目的中文意思如下：

> 我國中一年級有個喜歡的人，那個人是同一所學校二年級的前輩。雖然很想跟他搭話，但我沒有勇氣。因為連聯絡方式都沒有，所以前輩畢業後就聯繫不上了。 但是大學一年級的時候，我在學校再次(㉠)。 這次我一定會鼓起勇氣和他搭話的。

53. 根據空格前後文提供的線索，可以將正確答案鎖定於選項④。前文提到「畢業後就聯繫不上了，但是……」，後一句又提到「這次我一定會鼓起勇氣和他搭話的」，由此可以推測「筆者見到了前輩」。選項①為「沒有見面」，選項③為「將會見面」，均與前後文不符。選項②為「是因為見面了」，「-기 때문이다」的前句應該要是結果，如「기분이 좋았습니다. 선배를 만났기 때문입니다. (我心情很好，是因為見到了前輩)」，因此可知選項②非正確答案。而選項④為「見到他了」，套入短文：「但是大學一年級的時候，我在學校再次見到他了。」，可知選項④為正確答案。「-게 되다」為「因外在因素，而非本意所造成、發生的情況」之意，即筆者並不是自己主動去見前輩，而是偶然在學校遇到前輩的。

54. 選項①為「我正在和前輩交往」，文中未提及此內容。選項②為「我和前輩讀同一所高中」，由「大學一年級再次偶遇」的這個訊息可以推斷他們並非讀同一所高中。選項③為「雖然我有前輩的聯絡方式，但我並沒有聯絡前輩」，與短文第三句中「因為連聯絡方式都沒有……」不符。最後選項④為「直到上了大學為止，都沒有辦法和前輩聯絡」，透過短文的中文翻譯可知，選項④為正確答案。

55～56. 題目的中文意思如下：

> 我們社區有一家開了很久的書店。小時候我常去這家書店，買了很多想讀的書。最近在網路上買書更便宜，所以（ㄱ）。因此去年書店老闆關門停業了一段時間，將書店改成了可以看書的圖書咖啡廳。現在這間圖書咖啡廳成為了非常受歡迎的一家店。

55. 根據空格前後句提供的線索，可以將正確答案鎖定於選項③。空格前一句指出「最近網上買書更便宜」，後一句又提到「書店關門停業」，由此可以推測「最近去書店的人少了很多」。選項①為「出現了很多新書店」，選項④為「不看書的人變多」均與前後文不符。選項②為「買書的人多了不少」，雖然可以作為前句的結果，但無法與後句「書店主人關門停業」自然銜接。

56. 選項①為「我沒去過社區的書店」，這與短文第二句中「我常去這家書店」不符。選項②為「小時候我不喜歡讀書」，這也與短文第二句中「買了很多想讀的書」不符。選項③為「書店老闆在網路上賣書」，文中未提及此訊息。最後選項④為「去圖書咖啡廳的人很多」，這與短文最後一句「現在這家圖書咖啡廳成為了非常受歡迎的一家店。」相符，故正確答案為④。

四個句子的中文意思如下：

> (가) 因為每天早上要去駕訓班，所以有點累。
>
> (나) 我想在濟州島自己開車旅遊。
>
> (다) 但今天通過了駕駛考試，心情非常好。
>
> (라) 所以放假時我去上了駕訓班。

此類題型可以採用刪除法找到正確答案。首先，從給出的四個選項中可以得知，第一句應在「가」和「나」之中選出。其次，需注意「그런데」、「그래서」之類的副詞。「다」這句話中使用「그런데」進行轉折，後半句的「기분이 아주 좋습니다（心情好）」暗示「다」的前一句所表達的內容應與之形成對比，所以可以確定「(가)-(다)」兩句話順序，由此排除選項②和④。選項①和③的區別在於是將「(가)-(다)」看作前兩句，還是將「(나)-(라)」看作前兩句。只有先說明「운전 학원에 다녔다（上了駕訓班）」這一件事，才會有「운전 시험（駕駛考試）」等後續內容的出現，所以「(라)」應先於「(가)-(다)」，正確答案為③。

58. 四個句子的中文意思如下：

> (가) 世界盃公園又叫做天空公園。
>
> (나) 爬上去雖然很累，但在那裡可以看到絕美的風景。
>
> (다) 因為相比其他公園，它處於較高的地方。
>
> (라) 位於首爾的世界盃公園建成於2002年。

首先，從給出的四個選項中可以得知，第一句應在「가」和「라」之中選出。其次，關注表達原因的「왜냐하면 …기 때문이다」這一句型，根據因果關係來尋找「다」的前句和後句。之所以又被叫做天空公園，是因為

這個公園處於高處。由此確定「(가)-(다)」兩句話的順序,並排除選項①和③。選項②和④的一大區別在於「라」句的位置。「라」句與公園處於高處的邏輯關係不強,因此不適合位於「(가)-(다)」兩句話之後,故正確答案為④。

59～60. 題目的中文意思如下:

> 我來韓國已經半年了。一開始不太會說韓語,也沒什麼朋友,所以非常孤單。(㉠) 但現在我可以自信地用韓語表達自己的想法。(㉡) 而且也結交了很多喜歡運動的朋友。(㉢) 剩下的留學生活我也要愉快且充實地度過。

59. 需要插入文中的句子意思為「我們每週六在學校操場踢足球」。此句中包含「우리(我們)」和「축구(足球)」兩個解題關鍵詞。原文第四句提及「我」結交了很多喜歡運動的朋友,與「我們」和「足球」兩個關鍵詞緊密相關,所以正確答案為③。

60 選項①的意思為「我現在正在韓國留學」,從題目第一句「來韓國已經半年」和最後一句中「剩下的留學生活」可以得知選項①符合題目內容,為正確答案。選項②的意思為「我來韓國之前就精通韓語」,這與題目的第二句話不符。選項③的意思為「朋友們週末沒時間踢足球」,這與59小題提供的句子內容不符。最後選項④的意思為「朋友們教了我韓語」,題目中僅提及我和朋友們踢足球,並未涉及韓語學習相關內容,故選項④也不是正確答案。

61～62. 題目的中文意思如下:

> 我前幾天去了百貨公司。人真的很多。百貨公司不像以前那樣

只賣衣服了。 現在百貨公司裡有很多華麗的咖啡廳，也有很多餐廳。但是讓我(ㄱ)的是百貨公司裡竟然有游泳池。第一次看到有游泳池的百貨公司，真的很神奇。

61.　選項①「놀라다（吃驚、驚訝）」，選項②「실망하다（失望）」，選項③「복잡하다（複雜的）」，選項④「편하다（便利的、舒服的）」。後面提到「第一次看到有游泳池的百貨公司」、「很神奇」，由此可知空格處應為選項①。

62.　選項①為「大部分的百貨公司都有游泳池」，與短文最後一句的內容不符。選項②為「從以前開始百貨公司裡就有很多餐廳」，與短文第三句和第四句的內容不符。選項④為「第一次在百貨公司裡游泳，覺得很好玩」，文中只提及第一次看到有游泳池，並未提到有下水游泳。最後選項③為「百貨公司裡可以喝咖啡還能吃飯」，與短文的第四句直接相關，故正確答案為③。

63～64. 題目的中文意思如下：

公寓大樓電梯施工公告

本公寓大樓的電梯施工預定在下週三和週四進行。

施工期間將無法使用電梯。

*施工日期：2024年10月23日（三）& 2024年10月24日（四）

*施工時間：10:00～16:00（6小時）

2024年10月14日（一）

公寓管理辦公室

63. 選項①為「為了更改施工日期」，選項②為「為了告知施工日程和時間」，選項③為「為了詢問施工時間」，選項④為「為了說明施工內容」。由譯文可知此公告的目的是要告知施工日程及時間，故正確答案應為選項②。

64. 選項①為「從星期一開始施工」，選項②為「電梯施工時間為八小時」，選項③為「10月23日下午三點可以使用電梯」，均與短文內容不符。最後選項④為「施工在星期三和星期四進行」，與短文內容相符合，故正確答案為④。

65〜66. 題目的中文意思如下：

> 我早上起床後總是很餓。所以每天早上都會吃麵包和牛奶當早餐。但有時候會因為晚起或有特別的事情而無法吃早餐。當沒吃早餐時，我的一天就會從(ㄱ)心情不好的狀態開始，所以早餐對我來說很重要。是晚上睡覺的時候，一想到明天可以吃早餐就非常幸福的程度。

65. 本題要測驗的是文法，選項②「-ㄴ/은 후에（做了某動作之後）」不僅意思不通順，「-ㄴ/은 후에」前面也只能接動詞，而피곤하다（疲憊的）是形容詞。選項③「-지만（雖然〜）」套入句中的意義為「雖然很累但心情不好」，不符合「-지만」的「反轉、轉折」意義。選項④「-려고（打算〜）」不僅意思不通順，「-려고」前面也只能接動詞。選項①「-고」在此表示「羅列、並列」，套入句中的意義為「很累又心情不好」，故可知正確答案為①。

66. 選項①為「即使晚起也一定會吃早餐」，選項③為「我偶爾會吃麵包和牛奶當早餐」，兩項分別和短文第三句及第二句的內容不符。選項④為「如果不吃早餐的話，身體會變得很輕盈」，短文並未提及相關訊息。最後選項②為「一想到明早可以吃早餐就很幸福」，與短文內容最後一

句相符合，故正確答案為②。

67～68. 題目的中文意思如下：

> 睡眠不足會難以集中注意力，還可能引發各種疾病。很多人平日因讀書或工作而沒有充足的睡眠，週末就會晚起。但睡得過多也會對健康帶來不良影響。如果睡覺時間太長，活動時間便會減少，（ ㄱ ）心情變得憂鬱。為了健康，建議一天睡7～8個小時。

67.　根據空格前後提供的線索，可以將正確答案鎖定於選項②。空格前使用「어서」闡述了原因，即「活動時間減少」，空格後指出「心情憂鬱」，同時所有選項中均包含「거나」，由此可知空格處應為活動時間減少導致的結果。選項②為「發胖」，符合句義。而選項①「生氣」，選項③「腿受傷」和選項④「肚子痛」均與活動時間減少這一原因無直接相關。

68.　選項①為「一天睡10個小時的話比較好」，選項②為「休息日要多睡覺」，兩項均與原文的內容不符。選項③為「讀書和工作應該放在平日」，文中只提及平日很多人因為讀書和工作而沒有充足的睡眠，並未說明適合讀書和工作的時間。最後選項④為「睡眠時間對健康產生影響」，與原文的第一句和第三句直接相關，故正確答案為④。

69～70. 題目的中文意思如下：

> 比起地鐵，我更喜歡坐公車。坐地鐵的話，得一直上下樓梯或手扶梯。相反地，公車站通常都在一樓，搭起來更方便。但是公車不會像地鐵一樣(ㄱ)來。錯過一次的話，有時可能會需要等很久。

69.　根據空格後面提供的線索，可以將正確答案鎖定於選項③。選項①為「因

為沒有人」，選項②為「很舒適又乾淨」，選項④為「有椅子，又很方便」，均無法與空格後面的內容自然銜接，故可知正確答案為選項③「按照時間表」。

70.　選項①為「我更喜歡地鐵」，與短文第一句的內容不符。選項②為「搭公車有優惠」，選項③為「公車裡面有點髒」，均為短文中沒有提到的內容。最後，選項④為「地鐵一般不在一樓」，與原文的第二句相符合，故正確答案為④。

EZ Korea 52

歐摸！韓語文法應該這樣學
30天打好基礎，韓檢初級閱讀高分過關！

作　　　者：陳彥伶、張磊
編　　　輯：葉羿妤、凌凡羽
內頁插畫：Johnnp、Dragon.archived（龍欣兒）
部分插圖：shutterstock
校對協助：김민아
內頁製作：初雨有限公司（ivy_design）
封面設計：FE設計工作室
行銷企劃：張爾芸

發 行 人：洪祺祥
副總經理：洪偉傑
副總編輯：曹仲堯
法律顧問：建大法律事務所
財務顧問：高威會計師事務所

出　　　版：日月文化出版股份有限公司
製　　　作：EZ叢書館
地　　　址：臺北市信義路三段151號8樓
電　　　話：(02)2708-5509
傳　　　真：(02)2708-6157
網　　　址：www.heliopolis.com.tw
郵撥帳號：19716071日月文化出版股份有限公司

總 經 銷：聯合發行股份有限公司
電　　　話：(02)2917-8022
傳　　　真：(02)2915-7212
印　　　刷：中原造像股份有限公司
初　　　版：2024年9月
定　　　價：360元
ＩＳＢＮ：978-626-7516-12-6

歐摸！韓語文法應該這樣學：30天打好基礎，韓檢初
級閱讀高分過關！/陳彥伶, 張磊著. -- 初版. -- 臺北市：
日月文化出版股份有限公司, 2024.09
　　面；　公分. -- (EZKorea；52)
ISBN 978-626-7516-12-6(平裝)

1.CST: 韓語 2.CST: 語法 3.CST: 能力測驗
803.289　　　　　　　　　　　　　　113009456

目次

一 月 日

二 月 日

三 月 日

四 月 日

五　月　　日

六　月　　日

日　月　　日

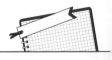

一　　月　　日

二　　月　　日

三　　月　　日

四　　月　　日

五　月　　日

六　月　　日

日　月　　日

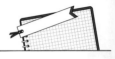

一 　月　　日

二 　月　　日

三 　月　　日

四 　月　　日

五　月　日

六　月　日

日　月　日

一　　月　　日

二　　月　　日

三　　月　　日

四　　月　　日

五	月	日

六	月	日

日	月	日

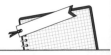

一　　月　　日

二　　月　　日

三　　月　　日

四　　月　　日

五　月　日

六　月　日

日　月　日

單字	釋義 ／ 例句 ／ 備註

單字	釋義／例句／備註

重點詞彙複習區

單字	釋義 ／ 例句 ／ 備註

單字	釋義 ／ 例句 ／ 備註

重點詞彙複習區

單字	釋義 ／ 例句 ／ 備註

單字	釋義／例句／備註

重點詞彙複習區

單字	釋義 ／ 例句 ／ 備註

單字	釋義／例句／備註

重點詞彙複習區

單字	釋義／例句／備註

單字	釋義 ／ 例句 ／ 備註

重點詞彙複習區

▶ 場所/地點＋에/에서的比較（主書第56頁）

- 共同點：都可以加在地點/場所後方
- 差異：根據「是否有具體的動作進行」

有→에서

例）저는 카페에서 친구를 만났어요. 我和朋友在咖啡廳見面。

（有做「見面」這一動作）

沒有→에

例）카페에 사람이 없어요. 咖啡廳沒有人。

（描述沒有人的狀態，並無動作進行）

▶ 에서/부터的比較（主書第56頁）

- 共同點：都有「開始、起始」的意思
- 差異：

에서→前面通常加地點/場所

例）우리 집에서 회사까지 30분이 걸려요.

從我家到公司要三十分鐘。

※如果에서前面加時間，即表示時間的起點時，後面通常會搭配
까지使用。

부터→前面通常加時間

例）보걸은 매일 아침 9시부터 오후 3시까지 아르바이트를 해요.

保杰每天早上九點到下午三點要打工。

▶ 에/에게 比較（主書第61頁）

에	에게
前面皆加接收動作或受到某動作影響的對象	
限沒有感情的事物（植物/物品）	限有感情的生命體（人類/動物）
물병에（水瓶）；나무에（樹）	가족에게（家人）；상사에게（上司）
물병에 빨대를 꽂아요. 在水瓶插入吸管。	가족에게 연락해요. 聯絡家人。

文法比較總整理

▶ 에/(으)로 比較（主書第62頁）

에	(으)로
強調目的地	強調方向
可以搭配「도착하다（到達）」 例）기차역에 도착했어요.（○） 到達火車站了。	不能搭配「도착하다（到達）」， 因為「方向」無法到達 例）기차역으로 도착했어요.（×） 往火車站到達了。

▶ 이/가、은/는 比較（主書第67頁）

主格助詞 이/가	補助詞 은/는
皆主要用在主語位置	
只能用在主語位置	可以用在主語以外的位置，例如目的語、副詞語 • 主語：저는 직장인이에요. 　　　我是上班族。 • 目的語：저는 회를 못 먹어요. 　　　하지만 육회는 좋아해요. 　　　我沒辦法吃生魚片， 　　　但生牛肉我很喜歡。 • 副詞語：잘은 모르겠어요. 　　　我不太清楚。
不太能和其他助詞結合 例）겨울에가 건조하고 여름에가 습해요.（✕）	可以較自由地與其他助詞結合 例）겨울에는 건조하고 여름에는 습해요.（○） 冬天很乾燥、夏天很潮濕。
新資訊：即之前未提過的資訊 例）옛날에 한 할머니가 있었습니다. 그 할머니는 마음씨가 매우 착했습니다. 從前從前有一位**老奶奶**， 這位老奶奶的心地非常善良。	舊資訊：即之前已提過的資訊 例）옛날에 한 할머니가 있었습니다. 그 할머니는 마음씨가 매우 착했습니다. 從前從前有一位老奶奶， 這位**老奶奶**的心地非常善良。

主格助詞 이/가	補助詞 은/는
兩個以上的選擇中，被指定的人事物用이/가 例）A：식혜랑 버블티 중에 식혜가 대만 음료수지요? 甜米露和珍珠奶茶中，甜米露是台灣飲料吧？ B：아니요. 버블티가 대만 음료수예요. 不是，珍珠奶茶才是台灣飲料。	無「指定」意義
無「對照」意義	可用來表示「對照」 例）어제 날씨가 더웠는데 오늘은 춥네요. 昨天天氣還很熱的，結果今天好冷啊。

▶ 와/과、(이)랑、하고接續助詞比較（主書第77頁）

	와/과	(이)랑	하고
共同點	1. 當「接續助詞」時：A和B和C和D（羅列） 2. 當「副詞格助詞」時：和A一起 / 一樣 / 類似 / 不同……		
前面名詞 有無收尾音	有收尾音：接과 無收尾音：接와	有收尾音：接이랑 無收尾音：接랑	有無收尾音 都接하고
口語/書面語	書面語 ※口語中也可以 使用	口語	口語
能否連用 例）現在家裡 有奶奶、媽 媽、哥哥。	不能連用 • 지금 집에 할머니와 엄마와 오빠가 있어요. (×) • 지금 집에 할머니, 엄마와 오빠가 있어요. (○) • 지금 집에 할머니와 엄마, 오빠가 있어요. (○)	可以連用 • 지금 집에 할머니랑 엄마랑 오빠가 있어요. (○)	可以連用 • 지금 집에 할머니하고 엄마하고 오빠가 있어요. (○)

▶ 有關「意志」的用法比較（主書第95頁）

	-ㄹ/을래요	-ㄹ/을까요	-ㄹ/을게요
前方可接的詞性	動詞	動詞	動詞
詢問對方意志（即可用於問句）	○ 主語為第二人稱 著重於問： 「你要不要……？」 ※也可以用「우리（我們）」當主語，但著重的仍然是對方的意願。	○ 主語為第一人稱 著重於問： 「我們要不要……？」 或是 「要不要我……？」	×
表達自己意志	○ 語感較堅定、強烈。 例）저 이거 먹을래요. 我要吃這個。	×	○ 語感較委婉。 例）저 이거 먹을게요. 那我吃這個吧。
注意事項	如對在上位者使用會有不尊敬之感。 例）對上司說：「要不要去吃午餐？」 점심을 먹으러 가실래요? >> 점심 식사를 하러 가실까요? (更適合)		在正式場合時，更適合用「-겠습니다」。 例）我來做。 제가 할게요. >> 제가 하겠습니다. (更適合)

	-ㄹ/을래요	-ㄹ/을까요	-ㄹ/을게요
除了意志以外的其他用法		1.向對方詢問推測 例） 예진 씨가 이 선물을 　　좋아할까요? 　　藝珍會不會喜歡這 　　個禮物呢？ ※此時主語為第三人稱 ※前面也可接形容詞 2.自言自語 例） 내가 잘할 수 있을까… 　　我能做好嗎……	

▶ 表示原因 -아/어/여서 vs -(으)니까（主書第101頁）

	-아/어/여서	-(으)니까
語感差異	單純表達客觀因果關係。 例）아침에 늦게 일어나서 지각했어요. 因為早上太晚起床所以遲到了。	前子句通常是接一個話者覺得對方也知道的「理所當然的理由」，並以此作為後子句的根據。 例）아침에 늦게 일어났으니까 지각했어요. 上述語感類似：就說因為我太晚起床所以遲到了，不然你想怎樣。
前面能否接先語末語尾	不行 例）노력했어서 후회하지 않아요.(✕) 因為努力過了所以不後悔。	可以 例）노력했으니까 후회하지 않아요.(○) 因為努力過了所以不後悔。
終結語尾的限制	不能使用勸誘及命令型語尾 例）비가 그쳐서 밖에 나가자.(✕) （因為）雨停了，我們出去玩吧！	沒有限制 例）비가 그쳤으니까 밖에 나가자.(○) （因為）雨停了，我們出去玩吧！

▶ 表示動作先後順序 -아/어/여서 vs -고（主書第102頁）

-아/어/여서	-고
先後動作的關聯性較高 例）친구를 만나서 영화를 봤어요. 　　見了朋友，然後一起看了電影。	先後動作的關聯性較低 例）친구를 만나고 영화를 봤어요. 　　見了朋友，然後看了電影。 　　（不確定是不是和朋友一起看的）

▶ -고的兩種用法比較（主書第102頁）

-고	
動作前後順序	並列/羅列
1.「-고」前後子句的順序不能對調 例）밥을 먹고 양치질을 했어요. 　　先吃飯，後刷牙。 　　양치질을 하고 밥을 먹었어요. 　　先刷牙，後吃飯。 　　※對調後意思會改變	1.「-고」前後子句的順序可以對調 例）이 집은 싸고 맛있어요. 　　這家便宜又好吃。 　　이 집은 맛있고 싸요. 　　這家好吃又便宜。 　　※對調後意思不變
2.「-고」前不能加過去式 例）영화를 봤고 카페에 갔어요.(×) 　　看了電影，然後去了咖啡廳。 　　※因事件的前後順序已固定， 　　故前面不需再另外加一個時 　　態。	2.「-고」前可以加過去式 例）영화도 봤고 카페도 갔어요.(○) 　　看了電影，也去了咖啡廳。 　　※此處羅列了過去發生的兩個 　　事件，但無法知道是哪一事件 　　先發生。

▶ -는데/-지만 比較（主書第107頁）

-는데	-지만
對比語感較弱，再加上還有其他意思，因此使用範圍較廣	對比語感較強

▶ -(으)려고/-(으)러 比較（主書第109頁）

-(으)려고	-(으)러
前面接目的、打算	
前面可以接移動動詞，如가다、오다、다니다。 例）좋은 대학교에 가려고 열심히 공부했어요. (○) 　　為了進好大學，很認真讀書。	前面不能接移動動詞。 例）저는 좋은 대학교에 가러 열심히 공부했어요. (×)
後面可以接的動詞沒有限制。 例）아이돌을 보려고 많이 기다렸어요. (○) 　　為了見到偶像，等了很久。	後面只能接移動動詞，如가다、오다、다니다。 例）아이돌을 보러 많이 기다렸어요. (×)

文法比較總整理